HEYNE BÜCHER

SCIENCE FICTION

Herausgegeben
von Wolfgang Jeschke

Ein Verzeichnis aller STAR TREK-Romane finden Sie am Schluß des Bandes.

JOHN VORNHOLT

EROBERT DIE FLAGGE!

Star Trek®
Starfleet Kadetten
Band 9

Deutsche Erstausgabe

WILHELM HEYNE VERLAG
MÜNCHEN

HEYNE SCIENCE FICTION & FANTASY
Band 06/6509

Titel der Originalausgabe
STAR TREK: THE NEXT GENERATION
STARFLEET ACADEMY # 4
CAPTURE THE FLAG
Aus dem Amerikanischen übersetzt von
UWE ANTON

Umwelthinweis:
Dieses Buch wurde auf
chlor- und säurefreiem Papier gedruckt.

Redaktion: Rainer Michael Rahn

Erstausgabe bei Pocket Books,
a division of Simon & Schuster, Inc., New York

Printed in Germany 1995
Umschlagbild: Catherine Huerta/Pocket Books
Innenillustrationen: Todd Cameron Hamilton
Umschlaggestaltung: Atelier Ingrid Schütz, München
Technische Betreuung: M. Spinola
Satz: Schaber Satz- und Datentechnik, Wels
Druck und Bindung: Ebner Ulm

ISBN 3-453-09449-2

2264 Beginn der Fünfjahresmission der *USS Enterprise NCC-1701* unter Captain Kirk.

2292 Die Allianz zwischen dem Klingonischen Imperium und dem Romulanischen Reich zerbricht.

2293 Colonel Worf, Großvater von Worf Rozhenko, verteidigt Captain Kirk und Doktor McCoy bei ihrem Prozeß wegen Mordes am klingonischen Kanzler Gorkon. Friedenskonferenz zwischen dem Klingonischen Imperium und der Föderation auf Khitomer [Star Trek VI].

2323 Jean-Luc Picard beginnt die vierjährige Ausbildung an der Starfleet-Akademie.

2328	Das Cardassianische Imperium annektiert Bajor.
2341	Data beginnt die Ausbildung an der Starfleet-Akademie.
2342	Beverly Crusher (geb. Howard) beginnt die achtjährige Ausbildung an der Medizinischen Fakultät der Starfleet-Akademie.
2346	Massaker der Romulaner auf dem klingonischen Außenposten Khitomer.
2351	Die Cardassianer erbauen im Orbit um Bajor eine Raumstation, die sie später aufgeben werden.
2353	William T. Riker und Geordi LaForge beginnen die Ausbildung an der Starfleet-Akademie.
2354	Deanna Troi beginnt die Ausbildung an der Starfleet-Akademie.
2356	Tasha Yar beginnt die Ausbildung an der Starfleet-Akademie.

2357 Worf Rozhenko beginnt die Ausbildung an der Starfleet-Akademie.

2363 Captain Jean-Luc Picard tritt das Kommando über die *USS Enterprise, NCC-1701-D* an.

2367 Wesley Crusher beginnt die Ausbildung an der Starfleet-Akademie.
Zwischen den Cardassianern und der Föderation wird ein unsicherer Waffenstillstand geschlossen.
Angriff der Borg im Sektor Wolf 359; unter den Überlebenden sind Lieutenant Commander Benjamin Sisko, Erster Offizier der *Saratoga*, und sein Sohn Jake.
Die *USS Enterprise-D* besiegt das Schiff der Borg im Erdorbit.

2369 Commander Benjamin Sisko tritt das Kommando über Deep Space Nine im Orbit von Bajor an.

Quelle: *Star Trek Chronology* von Michael und Denise Okuda

Für Sarah und Eric

1

Die Starfleet-Akademie zog nur die Besten, die Klügsten und die Ehrgeizigsten an. Es waren junge Leute, die weder den Weltraum noch das Unbekannte fürchteten. Sie hatten weder vor Romulanern noch vor Tholianern Angst. Sie wollten Raumschiffe kommandieren, Raumstationen, planetare Vorposten, und dabei Hunderten von Untergebenen Befehle erteilen. Nur das Scheitern an der Akademie konnte sie aufhalten, und jeder einzelne Kadett hatte diesbezüglich seine ureigenen geheimen Ängste.

Einige fürchteten Unterrichtsfächer wie Trigonometrie, Exo-Zoologie oder Quantenphysik. Andere machten sich Sorgen darüber, daß ihre Vorgesetzten und die Mitkadetten sie nicht leiden konnten. Viele befürchteten, sie würden nicht in der Lage sein, die Ausbildungsschiffe zu steuern. Einige wenige litten im stillen unter Heimweh und wußten nicht, ob sie es aushalten würden, so viele Jahre fern von zu Hause zu verbringen. Einige befürchteten, einfach nicht gut genug zu sein.

Kadett Geordi LaForge wußte genau, was er am meisten fürchtete: den Sportunterricht.

Nicht, daß Geordi nicht sportlich war. Er war klein, aber muskulös, und er betätigte sich gern körperlich. Aber etwas an der Natur der Wettkämpfe, die im Sportunterricht durchgeführt wurden, störte ihn. Er war sich seiner Fähigkeiten durchaus bewußt, doch ihm war auch klar, daß er mit dem visuell-organischen Restitutionsobjekt – kurz VISOR –, das seine Augen bedeckte, seltsam aussah. Dieses moderne Gerät ermöglichte Geordi, das volle elektromagnetische Spektrum zu ›sehen‹, von Infrarot bis Ultraviolett. Beim Unterricht oder im Flugsimulator spielte es keine Rolle, daß er blind war, beim Sportunterricht schon.

Im Augenblick spielte es eine Rolle, weil zwei Mannschaftskapitäne ihre Mitspieler für eine Partie *Elimination* auswählten. Geordi wäre gern als erster ausgewählt worden, wurde es jedoch nie. Die Teamführer warfen einen Blick auf sein VISOR, fragten sich, was ein Blinder ihnen bei einem schnellen Ballspiel nutzen konnte, und wählten einen anderen. So war es immer gewesen, bis die Leute ihn besser kannten.

Aber es war gar nicht einfach, ihn besser kennenzulernen. Geordi war nicht der gesellige Typ. Er war erst seit drei Wochen an der Akademie und kannte nur wenige der anderen Kadetten mit Namen. Er war hier, um hart zu arbeiten und zu studieren – um zu lernen, ein Starfleet-Offizier zu werden. Alles andere war nebensächlich.

Dennoch tat es weh, am Ende übrigzubleiben, nachdem die meisten der zweiunddreißig Teilnehmer seines Sportkurses gewählt waren. Verdrossen betrachtete er die Unglücklichen, die sein Schicksal teilten.

Da war ein pausbäckiger Tellarit, der jedesmal mit seiner schweineähnliche Schnauze schnaubte, wenn ein anderer in eine Mannschaft gewählt wurde.

Neben ihm stand eine Vulkanierin, bei der es sich um die dünnste Person handeln mußte, die Geordi je gesehen hatte. Eine weitere Frau war menschlich, aber eine Albina; sie sah so zerbrechlich aus wie eine Porzellanstatue. Neben ihr stand ein kleiner Saurianer mit purpurner Haut und reptilischen Gesichtszügen. Der letzte der noch nicht gewählten Kadetten war ein dunkelhäutiger Neopygmäe aus Afrika. Er reckte sich auf seinen Zehenspitzen wie ein Zwerghahn.

Während die Mannschaftsführer noch überlegten, schauten die Übriggebliebenen sich verstohlen an. Von der Vulkanierin abgesehen, verrieten ihre Augen die Tatsache, daß sie ihren Stellenwert genau kannten.

»T'Lara«, sagte einer der Mannschaftsführer.

Geordi seufzte. Die hagere Vulkanierin war vor ihm gewählt worden.

»LaForge«, sagte der andere Mannschaftsführer.

»Endlich«, murmelte Geordi. Er lief zu seinen Mannschaftskameraden auf der rechten Seite der Turnhalle.

Ein paar Sekunden später waren alle Kursteilnehmer jeweils einer Mannschaft zugeteilt. Geordi wollte sich einreden, daß es keine Rolle spielte, in welcher Reihenfolge sie gewählt worden waren, wußte jedoch, daß er sich etwas vormachte. *Auf der Akademie spielte alles eine Rolle.* Er war erst in seinem ersten Jahr, wußte jedoch, daß die Ausbilder sich Notizen machten und auf Führungsqualitäten achteten. *Wie konnte man Anführer sein, wenn man stets als letzter gewählt wurde?*

Er stand in seinem weißen Hemd und den Turnhosen stramm, während die Ausbilderin, Lieutenant Emma Pantano, die Regeln des Wettkampfs erklärte.

»Die meisten von Ihnen haben bestimmt schon mal Elimination gespielt«, begann sie, »aber ich will die Grundzüge noch einmal zusammenfassen. Jede Mannschaft muß hinter ihrer weißen Linie bleiben. Wir haben drei weiche, aufblasbare Bälle, und Ziel des Spiels ist es, einen Ball auf die gegnerische Mannschaft zu werfen und einen der gegnerischen Spieler zu treffen. Sie können vermeiden, getroffen zu werden, indem Sie dem Ball entweder ausweichen oder ihn in der Luft fangen. Sobald ein geworfener Ball den Boden oder die Wand berührt, ist er aus dem Spiel und kann gefahrlos aufgehoben werden.

Sensoren werden feststellen, ob Sie getroffen wurden, und der Computer wird Ihren Namen nennen. Wenn Sie getroffen werden, werden Sie eliminiert und müssen auf die Bank. Sobald alle Spieler einer Mannschaft eliminiert sind, hat die andere Mannschaft gewonnen. Noch Fragen?«

Wie könnte es noch Fragen geben? dachte Geordi. Es war das einfachste Spiel, von dem er je gehört hatte. Und doch stellte es ihren Überlebensinstinkt, ihre körperlichen Fähigkeiten und ihre Eignung zum Teamwork auf die Probe. Er schaute sich in der Turnhalle um und konnte durch sein VISOR die verborgenen Sensoren ausmachen. Er wußte, daß vom Sportunterricht Videoaufzeichnungen gemacht wurden. Aber er wußte nicht, wer sich diese Aufzeichnungen ansehen würde.

Das war der nervenaufreibendste Aspekt der Ausbildung an der Starfleet-Akademie – die Vorstellung, daß man ständig beobachtet und beurteilt wurde. Daß er blind war, sprach gegen ihn, doch er wußte, daß er daran gar nicht denken durfte. *Gib einfach dein Bestes,* sagte Geordi sich. *Mehr als das können sie nicht von dir erwarten.*

Der Computer gab ein lautes Signal von sich, und das Spiel begann. Geordi war schon immer gut darin gewesen, mit dem Hintergrund zu verschmelzen, nicht aufzufallen, sich fast unsichtbar zu machen. Diesen Charakterzug mußte er auf der Akademie aufgeben, doch bei diesem Spiel geriet er ihm zum Vorteil. Außerdem war er als einer der letzten ausgewählt worden, und sie hielten ihn für keine große Bedrohung.

Die andere Seite hatte mehrere starke Spieler, und sie warfen die aufblasbaren Bälle mit solcher Kraft, daß man ihnen einfach nicht ausweichen konnte – wenn man nicht fast unsichtbar war. Drei seiner sechzehn Mannschaftsgefährten wurden von der ersten Salve getroffen.

»Mirayo, aus«, sagte der Computer. »Takama, aus. Swan, aus.«

Geordi griff nach keinem der Bälle, die an ihm vorbeiflogen. Seine Instinkte konzentrierten sich auf das Überleben. Er ließ den Kapitän seiner Mannschaft und die aggressiveren Spieler nach den freigegebenen Bällen greifen. Einer seiner Mannschaftsgefährten, ein großer Andorianer mit blauer Haut und Kopffühlern, die aus seinem weißen Haar hervorragten, ergriff einen Ball und warf ihn mit einem lauten Stöhnen. Er traf einen jungen Mann des gegnerischen Teams so hart, daß er auf den Rücken fiel.

»Stevens, aus«, erklärte der Computer.

Das Spiel wurde immer schneller. Geordi beobachtete, wie der Andorianer ganz nah an die Linie trat, damit er die Bälle fangen und schnell zurückwerfen konnte. *Das wird nicht lange gutgehen,* dachte Geordi. Wie er vorausgesehen hatte, hortete die gegnerische Mannschaft nun die Bälle, bis alle drei in ihrem Besitz waren.

Ihr Anführer, ein blonder Mensch namens Pettey, zeigte auf den Andorianer und sagte etwas zu seinen Mannschaftskameraden. Die drei warfen ihre Bälle gleichzeitig. Der Andorianer fing einen auf, einer segelte über seinen Kopf, doch der dritte traf ihn am Bein.

»Altos, aus«, erklärte der Computer.

Mit gesenktem Kopf marschierte der Andorianer zur Bank. Geordi merkte sich, daß die hagere Vulkanierin, T'Lara, ihn getroffen hatte.

Die Hälfte der Spieler auf beiden Seiten waren eliminiert, und Geordi hatte noch kein einziges Mal einen Ball berührt. Es war an der Zeit, aktiver zu werden, besonders da die gegnerische Mannschaft sie jetzt einzeln aufs Korn nehmen würde. Als er einen freigegebenen Ball ergriff, zischte ein zweiter über seine Schulter. So knapp war er noch nie verfehlt worden.

Auf der anderen Seite spürte Pettey, daß der Sieg greifbar nah war. Er trat näher an die Linie, um die heranfliegenden Bälle zu fangen. Geordi hatte den großgewachsenen Menschen beobachtet und wußte, daß er der Schlüssel zum Sieg des gegnerischen Teams war. Er hatte hervorragende Reflexe; wie sollten sie ihn da treffen?

MMCLXI

Einer seiner Mannschaftsgefährten ergriff einen Ball, und Geordi zeigte auf die Vulkanierin. Sie warfen gleichzeitig, und Geordis Ball traf sie am Knöchel.

»T'Lara, aus«, sagte der Computer. Sie zeigte keine Gefühle, als sie zu einer der Bänke ging und sich setzte.

Aber Pettey schaute wütend drein. Er hielt in einer Hand einen Ball und zeigte mit der anderen auf Geordi, als wolle er ihm bedeuten, daß er als nächster ausscheiden würde. Er zielte tief, und Geordi sprang über den Ball hinweg, um ihm zu entgehen. Der Ball prallte an der Wand hinter ihm ab und sprang zu Pettey zurück.

»Derlenger, aus«, sagte der Computer. »Craycroft, aus.«

Geordi schaute sich um und stellte fest, daß ihm nur noch drei Mannschaftsgefährten geblieben waren – eine stämmige, dunkelhaarige junge Frau, ein flinker Delosianer und der kleine Saurianer. Das andere Team verfügte noch über sechs Spieler. Noch schlimmer war, daß Petteys Mannschaft im Besitz der Bälle war, an der Linie stand und sie gezielt warf. Sie schleuderten die Bälle mit solcher Wucht, daß sie jedesmal zurücksprangen, auch wenn sie niemanden trafen. Es war das reinste Tontaubenschießen.

Geordi ging allmählich die Puste aus, weil er ständig Bällen ausweichen mußte. *Wenn wir nur in den Ballbesitz kämen,* dachte er, *könnten* wir *an der Linie stehen und das Tontaubenschießen veranstalten.*

Er wandte sich an seine drei Mannschaftskollegen. »Fangt die Bälle!« befahl er.

Sie nickten zustimmend. Sie alle waren es leid, wie

die verängstigten Kaninchen herumzuhüpfen. Als die nächste Salve kam, wichen sie nicht aus, sondern blieben stehen. Einer der Bälle prallte gegen Geordis Magen. Er wurde von den Füßen gerissen, hielt den Ball jedoch fest. Die untersetzte junge Frau schnappte sich ebenfalls einen. Der Delosioaner sprang nach dem dritten, verfehlte ihn jedoch. Er wurde getroffen, doch der kleine Saurianer reagierte schnell und ergriff den freigegebenen Ball.

»Gogarty, aus«, sagte der Computer.

Sie waren nur noch zu dritt, doch jeder der drei hielt einen Ball in der Hand. Sie gingen ruhig zur Linie, und Pettey und seine Mannschaftskollegen zogen sich schnell an die entgegensetzte Wand zurück. Geordi wußte genau, was er jetzt zu tun hatte.

»Schnappt euch Pettey«, flüsterte er. Die junge Frau und der Saurianer nickten.

Sie warfen ihre Bälle gleichzeitig, und der große, blonde Junge hatte nicht die geringste Chance.

»Pettey, aus«, stellte der Computer fest.

Pettey bedachte Geordi mit einem Stirnrunzeln, als er das Spielfeld verließ. Er ließ den jungen Kadetten auch von der Bank aus nicht aus den Augen.

Nachdem ihr Anführer ausgeschieden war, verlor die andere Mannschaft ihre Zuversicht. Geordi und seine Teamgefährten konnten an der Linie stehenbleiben und einen nach dem anderen ausschalten. Die kräftige dunkelhaarige Frau erwischte den letzten.

»Gewonnen!« jubelte sie. Sie ergriff Geordis Hand und schüttelte sie, doch er lächelte nur. Der Saurianer bedachte ihn mit einem verzerrten Grinsen.

Vielleicht werden sie mich beim nächsten Mal nicht als letzten wählen.

Emma Pantano schritt zur Mitte der Spielfläche. Die Ausbilderin, eine Frau mittleren Alters, lächelte ebenfalls. »Das war eins der besten Elimination-Spiele, die ich je gesehen haben. Da ich noch etwas bekanntzugeben habe, hören wir heute etwas früher auf. Bitte duschen Sie, ziehen sich um und finden sich in zehn Minuten wieder hier ein.«

»Was hat das zu bedeuten?« hörte Geordi jemanden sagen. Die anderen Kadetten unterhielten sich, als sie zu den Umkleidekabinen gingen, doch niemand schien zu wissen, um was für eine Bekanntgabe es sich handelte.

Geordi stellte plötzlich fest, daß Pettey neben ihm ging. Es schien sich nicht um einen Zufall zu handeln.

»Du hast Glück gehabt«, knurrte der Blondschopf.

»Vielleicht«, erwiderte Geordi. Er schaute zu dem stattlichen Kadett auf, der einen Kopf größer war als er.

»Beim nächstenmal«, sagte Pettey, »werde ich dich als ersten aus dem Spiel nehmen.«

Der große Kadett drängen sich an ihm vorbei und stürmte zur Tür hinauf. Geordi konnte nur den Kopf schütteln.

»Dieser Aufschneider«, sagte eine Frauenstimme. Geordi drehte sich um und sah die stämmige Dunkelhaarige, die ihm geholfen hatte, das Spiel zu gewinnen. »Hättest du diesen Befehl nicht gegeben, wären wir erledigt gewesen.«

Geordi zuckte mit den Achseln. »Du hast die ganze Partie hindurch gespielt – ich nur am Ende.«

»Trotzdem war es gut, daß du am Ende da warst. Gutes Spiel!« Sie schlug ihm so hart auf die Schulter, daß er fast sein VISOR verloren hätte. Dann ging sie zur Umkleidekabine der Frauen.

Der rundliche Tellarit stand in der automatischen Tür und hielt sie Geordi auf. »Ausgezeichnetes Spiel«, sagte er. »Wir sind stolz auf dich.«

Geordi wußte, wer mit ›wir‹ gemeint war – alle Kadetten, die als letzte in eine Mannschaft gewählt worden waren. Das betrübte ihn einen Augenblick lang. Ganz gleich, wie viele Spiele er auch gewann, er würde nie wie Kadett Pettey sein.

»Danke.« Mehr fiel ihm dazu nicht ein.

Nachdem sie geduscht und ihre Kadettenuniformen angezogen hatten, versammelten die Kadetten sich wieder in der Turnhalle. Sie nahmen geduldig auf den Bänken Platz und warteten darauf, daß Lieutenant Pantano zurückkam. Als es schließlich soweit war, wurde sie von Captain Joe McKersie, dem Fluglehrer, begleitet.

»Nächste Woche wird der Sportunterricht ziemlich ungewöhnlich ausfallen«, sagte die Pantano. »Wie einige von Ihnen vielleicht wissen, führt Captain McKersie nächste Woche eine Ausbildungsexkursion für Kadetten im dritten und vierten Jahr durch. Sie wissen allerdings nicht, daß Sie an dieser Ausbildungsexkursion teilnehmen werden.«

Von den Bänken erklang aufgeregtes Gemurmel, und Captain McKersie hob eine Hand, um die Kadetten zum Schweigen zu bringen.

»Sie sollten wissen, daß Sie lediglich als Passagiere mitfliegen«, fügte er hinzu. »Diese Ehre kommt jedes

Jahr dem besten neuen Sportkurs von Lieutenant Pantano zu. Während wir unsere Ausbildungseinheiten durchführen, werden Sie auf dem Planeten Saffair ausgesetzt, wo Sie sich einem dreitägigen Wildnis- und Kampftraining unterziehen werden.«

Niemand konnte die Besorgnis in Geordis Augen sehen, doch er saß ganz starr da und wartete auf weitere Informationen.

Emma Pantano lächelte hinterlistig. »Das Spiel, das wir auf Saffair betreiben, wird Ihnen bestimmt interessant vorkommen. Der Planet hat etwa die halbe Erdschwerkraft. Was auch immer Sie hier wiegen – auf Saffair wiegen Sie die Hälfte davon. Sie werden imstande sein, dort doppelt so weit zu springen, doppelt so schnell zu laufen. Glauben Sie mir, Sie werden viel Spaß haben.«

Sie sah auf ihre Uhr. »Leider habe ich jetzt nicht die Zeit für weitere Erklärungen. Melden Sie sich am Dienstagmorgen um sieben Uhr in Transporterraum Eins. Ihre anderen Ausbilder wurden bereits unterrichtet, und die meisten von Ihnen werden das ganze Wochenende durcharbeiten müssen, um im Unterricht nicht zurückzufallen. Sollten Sie also irgendwelche Freizeitaktivitäten vereinbart haben, sagen Sie sie lieber ab.«

Freizeitaktivitäten, dachte Geordi. Darüber mußte er sich keine Sorgen machen. Im Gegensatz zu einem Kampftraining, auch wenn Lieutenant Pantano es ein Spiel nannte.

»Nehmen Sie kein Gepäck mit«, fügte sie hinzu. »Alles, was Sie brauchen, wird Ihnen zur Verfügung gestellt werden. Wegtreten.«

2

Die untergehende Sonne funkelte auf dem Wasser der Bucht von San Francisco und malte einen goldenen Glanz auf die schlanken Gebäude der Starfleet-Akademie. Das war Geordis liebste Zeit für Spaziergänge in den Gärten, die sich durch das Akademiegelände wanden. Es war Spätsommer, aber Iris, Krokusse und gelbe Narzissen blühten noch.

Geordi wußte nicht, wie die Farben der Blumen in Wirklichkeit aussahen, konnte mit seinem VISOR jedoch ihr inneres Leuchten ausmachen. Es entspannte ihn. Der Sportkurs und die Aussicht auf seine erste Ausbildungsmission trugen noch immer zu seiner Aufregung bei. Doch er machte sich gleichzeitig noch immer Sorgen über seine Zukunft. Heute hatte er gewonnen, aber was spielte das schon für eine Rolle? Er würde sich immer von Kadetten wie Pettey und der dunkelhaarigen jungen Frau unterscheiden.

Geordi verließ den Weg, um den Bach näher zu betrachten, der sich durch den Garten schlängelte. Seine Kühle sah in seinem Infrarot-Sichtfeld blau aus, und sein leises Murmeln war wie Musik. Er hatte gerade den moosbewachsenen Rand des Baches betreten, als eine Stimme bellte:

»Gehen Sie von meinen Leberblümchen runter!«

Geordi sprang zurück und sah sich nach der Quelle

der wütenden Stimme um. Ein kleiner, alter Mann in schmutzigen Hosen stürmte auf ihn zu und schüttelte wütend seinen Spaten. »Das ist kein Gras, auf dem Sie stehen – es ist ein Bodenbelag!«

»Es … es tut mir leid«, stammelte Geordi. »Für mich sieht das alles gleich aus.«

»Ach, ich verstehe«, sagte der kleine Mann. »Sie müssen LaForge sein.«

»Sie wissen, wer ich bin?« fragte Geordi erstaunt. Er hatte noch nicht viele Leute an der Akademie kennengelernt, denen so viel an Kadetten im ersten Jahr lag, daß sie ihre Namen kannten.

»Natürlich«, sagte der Gärtner. Er ging auf die Knie und versuchte, die Pflanzen wieder aufzurichten, die Geordi zertrampelt hatte. »Ich kenne hier jeden, und jeder kennt mich.«

»Sie sind Boothby«, sagte Geordi, als ihm die Geschichten einfielen, die er gehört hatte. »Wieso habe ich Sie noch nie zuvor getroffen?«

»Sie haben noch nie auf meinen Pflanzen gestanden. Das ist eine todsichere Methode, mich kennenzulernen.«

Geordi lächelte trotz des mürrischen Gehabes des Mannes. »Es tut mir wirklich leid.«

»Na ja«, sagte Boothby, »wenigstens haben Sie eine Entschuldigung. Die anderen sind einfach nur unbeholfen.« Anscheinend zufrieden mit seiner Ausbesserungsarbeit erhob er sich. »Wie gefällt Ihnen also die Akademie?«

»Ganz gut«, erwiderte Geordi.

»Nur ganz gut? Hier studieren zu dürfen, ist angeblich eine einmalige Chance. Es ist die beste Schule

der Föderation, heißt es, und Sie sagen, sie wäre nur ganz gut?«

Geordi schlenderte davon. »Ich will Sie nicht stören.«

»Sie stören mich nicht«, sagte Boothby. »Ich bin neugierig. Deshalb weiß ich auch alles. Sie sind nicht der Ansicht, daß Sie es hier schaffen werden, nicht wahr?«

Geordi zuckte mit den Achseln. »Wie Sie schon sagten... ich habe eine Entschuldigung dafür, Fehler zu machen – ich bin blind.«

»Also haben Sie eine Entschuldigung für Ihr Versagen«, entgegnete Boothby. »Um auszusteigen, wenn es hart auf hart kommt. Ich habe Neuigkeiten für Sie, LaForge – die Akademie setzt jedem hart zu. Ich habe Kadetten kommen und gehen sehen. Die arroganten. Diejenigen, von denen man glaubt, sie könnten nicht scheitern, und dann doch versagen. Diejenigen, von denen man glaubt, sie würden kein Jahr lang durchhalten, und die dann Admiral werden.«

Er schaute zu seinen geliebten Pflanzen hinab. »Die Ausbildung von Starfleet-Offizieren läßt sich mit der Gartenarbeit vergleichen. Man sucht sich die aus, von denen man glaubt, sie könnten es schaffen, hegt und pflegt sie und hofft auf das Beste. Manchmal wollen sie einfach nicht wachsen. Manchmal gedeiht das häßlichste, dürrste Unkraut besser als der schönste Rosenstock aus bester Zucht. Verstehen Sie, was ich meine, LaForge?«

Geordi lächelte. »Ja.«

»Was ist Ihr Hauptfach?«

»Ingenieurwesen«, antwortete der Kadett und berührte sein VISOR. »Die Technik hat mir sehr geholfen, und ich will ihr etwas zurückgeben. Vielleicht spezialisiere ich mich darüber hinaus noch auf Navigation.«

Boothby nickte, und zum erstenmal lächelte der alte Gärtner. »Selbstlosigkeit – das ist ein guter Charakterzug für einen Starfleet-Offizier. Vergessen Sie nicht, LaForge, diese Akademie bereitet Sie nicht nur auf gute Zeiten und herrliche Abenteuer vor, sondern auch auf die schlechten Zeiten.

Es wird Gelegenheiten geben, da man Sie bei einer Beförderung übergeht oder Sie einen Auftrag bekommen, der Ihnen nicht gefällt. Oder vielleicht werden Sie ein Schiff kommandieren, das zerstört werden wird, und Ihnen bleibt nur noch übrig, Ihre Mannschaft auf den Tod vorzubereiten.« Boothby zeigte zum Himmel. »Vergessen Sie nicht, Sie sind dort draußen nicht allein.«

Geordi nickte. »Ich werde daran denken. Sagen Sie, wissen Sie etwas darüber, welche Kampfspiele man auf Saffair so treibt?«

Boothby kicherte. »Sie fliegen nach Saffair, was? Na ja, bringen Sie Ihre Flagge ganz oben an.«

»Die Flagge ganz oben anbringen?« fragte Geordi verblüfft.

»Sie werden schon begreifen, was ich meine. Und jetzt muß ich an die Arbeit zurück.«

Geordi ging langsam davon. »Ich freue mich, Sie kennengelernt zu haben, Mr. Boothby.«

»Ebenso«, sagte der Gärtner. »Aber, LaForge, mir ist egal, ob Sie blind sind – treten Sie nicht auf meine Leberblümchen!«

In seinem Quartier studierte Geordi eifrig seine Notizen von einer Vorlesung über Raumschiffhüllen im Grundkurs für Ingenieurwesen. Tritanium, Duranium, Aluminium-Kristallschaum, keramische Polymere – in einer Raumschiffhülle wurden so viele Materialien und Legierungen verwendet, daß er nicht wußte, wie er sie auseinanderhalten sollte. Und nicht nur das, er mußte auch lernen, wie sie durch Verschweißen, Verbinden, durch Energiefelder und Warpgeschwindigkeiten beeinträchtigt wurden.

Ich werde mein ganzes Leben brauchen, um das zu lernen, dachte er verdrossen. Vielleicht war das des Pudels Kern. Nicht einmal vier Jahre auf der Starfleet-Akademie konnten einen wirklich darauf vorbereiten, Chefingenieur eines Starfleet-Raumschiffs zu sein. Vielleicht bereitete diese Zeit einen nur darauf vor, den Rest seines Lebens über weiterzulernen.

Er nahm sein VISOR ab und rieb sich die weißen, blinden Augen. *Ahh, das tut gut,* dachte er. Niemand schien zu begreifen, welche Konzentration nötig war, um mit dem komplizierten Gerät zu ›sehen‹. Er mußte seine Sehnerven zwingen, eine Vielzahl von Impulsen zu akzeptieren, für die sie eigentlich gar nicht geschaffen waren. Dann mußte er sein Gehirn zwingen, diese seltsamen Eingaben zu interpretieren.

Er streckte die Arme aus, entspannte sich und schaute sich in völliger Dunkelheit in dem Raum um. Wenn Geordi sich wirklich einmal den Luxus zugestand, völlig blind zu sein, kam es ihm vor, als hielte er ein erfrischendes Nickerchen. Durch schieres Glück war ihm kein Zimmergenosse zugeteilt worden.

Vielleicht war es gar kein Glück gewesen, dachte er

plötzlich. *Vielleicht haben sie angenommen, der Blinde würde über den Zimmergenossen* stolpern.

Ein Klopfen erklang an der Tür. Geordi tastete nach seinem VISOR und setzte es schnell wieder auf. Dann ging er durch den kleinen, aber ordentlichen Raum und öffnete.

Zu seiner Überraschung machte er zwei seiner Mannschaftsgefährten aus dem siegreichen Eliminations-Team aus: die stämmige, dunkelhaarige junge Frau und den großen Andorianer.

Die junge Frau kam direkt zur Sache. »LaForge, nicht wahr?« fragte sie.

»Ja«, antwortete er. »Nenn mich Geordi.«

»Geordi.« Sie lächelte. »Ich bin Jenna Pico. Das ist Altos. Er spricht nicht viel.«

»Altos«, wiederholte Geordi, und der große Andorianer nickte zur Begrüßung. »Was kann ich für euch tun?«

Jenna zuckte mit den Achseln. »Na ja, ein paar Leute aus unserer Klasse treffen sich im Ratskeller, um über die bevorstehende Mission zu sprechen. Willst du mitkommen?«

Geordi überlegte, bevor er antwortete. Er hatte vom Ratskeller gehört, einem beliebten Restaurant außerhalb des Akademie-Geländes, und es war das erstemal, daß jemand ihn gebeten hatte, irgendwohin mitzukommen. Geordi wäre wirklich gern mitgegangen, aber es gab ein Problem.

»Ich würde gern«, sagte er, »aber meine Prüfung im Technischen Grundkurs wurde auf Montag vorgezogen, und ich muß noch einiges dafür tun.«

»Ach, komm schon«, sagte Jenna. »Nur Arbeit und

kein Vergnügen... das stumpft doch jeden Kadetten ab. Außerdem mußt du etwas essen, oder?«

»Ich lade dich ein«, sagte Altos. Er versuchte zu lächeln, doch sein blaues Gesicht verzog sich nur zu einer Grimasse.

Na ja, dachte Geordi, *man wird nicht jeden Tag von einen Andorianer zum Essen eingeladen.*

»Na schön«, stimmte er zu. »Aber ich kann wirklich nicht lange bleiben.«

Der Ratskeller lag etwa sechs Häuserblocks vom Akademie-Gelände entfernt, und die kühle Abendluft erfrischte ihn, als sie sich zu Fuß dorthin begaben. Es war schön, alle möglichen Leute zu sehen, dachte Geordi, nicht nur die üblichen ernsten Kadetten und geschäftigen Ausbilder. Ob sie nun ausgingen, um irgendwo den Abend zu genießen, oder von der Arbeit nach Hause kamen, in San Francisco schien immer etwas los zu sein.

»Das ist toll!« sagte er begeistert.

»Ach was?« entgegnete Jenna. »Ich bin etwa fünfzig Kilometer von Frisco entfernt aufgewachsen. Für mich ist das also keine große Sache. Woher kommst du?«

Geordi seufzte. »Wollte ich euch erzählen, wo ich überall schon gewohnt habe, würde ich den ganzen Abend dafür brauchen. Ich wurde in Afrika geboren, zog aber schon von da weg, als ich noch in den Windeln lag. Meine Eltern waren beide bei Starfleet – mein Dad war Forscher, meine Mom befehlshabender Offizier. Sie haben versucht, auf dieselben Stationen versetzt zu werden, aber das hat nicht immer geklappt.

Ich habe mehrere Jahre im Modean-System verbracht, wo mein Dad wirbellose Tiere studierte. Dann habe ich mit meiner Mom in der Nähe der romulanischen Neutralen Zone gelebt.«

»Macht keinen Spaß«, stellte der große Andorianer fest.

»Ganz und gar nicht«, sagte Geordi, »mir hat es großen Spaß gemacht! Ich konnte auf diesem riesigen Vorposten tun und lassen, was ich wollte. Wir wollten die Romulaner glauben machen, dort wäre eine große Kolonie, aber in Wirklichkeit waren nur ein paar Leutchen und jede Menge Geräte da. Ich war noch ein Kind – ich habe nicht gewußt, wie gefährlich es war. Aber am schönsten war es für mich, wenn meine Mom und mein Dad auf dasselbe Schiff versetzt wurden. Es gab zahlreiche solcher Schiffe.«

Jenna seufzte. »Das klingt, als wärest du für Starfleet geboren. Ich bin an diese Großstadt gewöhnt – ich weiß nicht, ob ich es jahrelang auf einem einsamen Vorposten aushalten würde.«

Geordi kicherte. »Komisch, ich hatte genausoviel Angst, diesen einsamen Vorposten zu verlassen und hierherzukommen.«

»Man ist zu Hause, wo man seinen Hut aufhängt«, sagte der große Andorianer.

Jenna betrachtete ihn zweifelnd. »Du kannst wohl kaum einen Hut tragen.«

Der Andorianer berührte einen seiner Kopffühler. »Nein, aber ich könnte einen genau hier aufhängen.«

Die drei lachten, während sie ihren Abendspaziergang fortsetzten. Schließlich sahen sie das Schild eines alten Wirtshauses, das über einer Treppe hing. Die Treppe führte in ein altes Gebäude hinab.

»Wir sind da!« erklärte Jenna. »Der Ratskeller!«

Geordi betrachtete die Treppe zweifelnd. »Ich weiß, daß mein Sehvermögen sich von dem euren unterscheidet, aber das sieht eher wie ein Höhleneingang aus.«

»Das Lokal heißt nicht umsonst Rats*keller*«, erwiderte Jenna und ging die Stufen hinab. »Aber weil es sich im Untergeschoß befindet, muß das Essen nicht schlecht sein. Magst du Bratwurst mit Sauerkraut?«

Geordi schluckte. »Keine Ahnung.«

Aber als Jenna die Tür öffnete, stellte er fest, daß die deutsche Spezialität sehr gut roch. Altos zog den Kopf ein und folgte ihr, und dann stieg Geordi in die einladende Dunkelheit hinab. Er nahm noch immer die fremden Anblicke und Gerüche auf, als sie mehrere Stimmen hörten.

»Jenna! Hier drüben!«

Jenna schien hier gut bekannt zu sein, und Geordi und Altos folgten ihr einfach. Geordi freute sich, mehrere Kadetten aus seinem Sportkurs zu sehen, darunter die Vulkanierin T'Lara, den Tellariten, den Saurianer und die Albina. Es war auch jemand hier, den zu sehen er nicht begeistert war – Kadett Pettey. Er versuchte, den großen Blondschopf zu ignorieren, als er die anderen begrüßte.

»Hallo«, sagte er zu T'Lara.

Die spitzohrige Vulkanierin nickte. »Hallo, Kadett LaForge.«

»Bitte nenne mich Geordi«, sagte er lächelnd. »Äh … haben Vulkanier Vornamen?«

»Keine, die du aussprechen könntest.«

Geordi hatte noch nie mit einer Vulkanierin geplaudert, war aber bereit, es zu versuchen. »Bist du schon aufgeregt, weil du an dieser Trainingsmission teilnimmst?« fragte er.

»Aufregung ist eine Emotion, die ich mir nicht zugestehe«, antwortete T'Lara, »aber ich sehe dem Flug nach Saffair mit Erwartung entgegen. Darf ich dir eine Frage stellen?«

»Bitte«, sagte Geordi.

»Bist du ohne dein VISOR völlig blind?«

Geordi hatte schon gehört, daß Vulkanier sehr direkt waren. »Ja, das bin ich.«

»Ist es nicht möglich, deine Blindheit mit einem anderen Mittel als dem VISOR zu korrigieren?«

»Na ja«, sagte Geordi, »einige Ärzte haben noch im experimentellen Stadium befindliche Verfahren vorgeschlagen, aber sie alle bergen große Risiken. Das VISOR funktioniert wie erwartet und hat keine unangenehmen Nebenwirkungen.«

»Sehr logisch«, stimmte die Vulkanierin zu. »Ich glaube, ihr habt ein Sprichwort, das diese Logik beschreibt: Wenn es nicht kaputt ist, soll man es auch nicht reparieren.«

Geordi lachte. »Wir haben jede Menge guter Sprichwörter, befolgen sie aber nur sehr selten.«

Der große Blondschopf drängte sich zwischen sie. »Hallo«, sagte er zu T'Lara. »Ich bin Jack Pettey.«

Sie nickte. »Mein Name ist T'Lara.«

Geordi war die Sicht auf die schlanke Vulkanierin genommen, und er schob sich an Jack Pettey vorbei. »He«, sagte er, »wir haben uns gerade unterhalten.«

Pettey ignorierte ihn und grinste T'Lara an. »Ich wußte gar nicht, daß Vulkanier auf solche Parties gehen. Was machen Vulkanierinnen sonst noch, um sich zu vergnügen?«

»Zu vergnügen?« fragte sie verwirrt.

Geordi mußte eine Entscheidung treffen. Pettey hatte sich einfach in ihr Gespräch gedrängt, aber es gab noch zahlreiche andere Kadetten, mit denen er sich unterhalten konnte. Sollte er den großen Kadetten herausfordern oder sich abwenden? Er sah zu den breiten Schultern des Blondschopfs hinauf, und ihm wurde klar, daß er etwas unternehmen mußte. Aber was? Zuerst galt es, seine Aufmerksamkeit zu erlangen.

Geordi atmete tief ein. »Es hat mir gefallen, euch heute bei der Partie Elimination zu schlagen.«

Das verschaffte ihm Aufmerksamkeit. Jack Pettey drehte sich um und schaute zu dem kleineren Kadetten hinab, als wäre der eine lästige Fliege. »Was hast du gesagt, du Würstchen?«

»LaForge«, sagte Geordi. »Nicht Würstchen.«

Pettey machte sich ganz breit. »Hör mal, du Würstchen, wir sind hier nicht auf dem Akademie-Gelände. Hier kann mich niemand daran hindern, mit dir den Boden aufzuwischen.«

»Ich schon«, sagte Geordi. Er spürte sein laut hämmerndes Herz.

Die Gespräche um sie herum waren verstummt, und alle sahen sie an. Sollte es wirklich zu einer Prügelei kommen, machte Geordi sich am meisten darüber Sorgen, daß sein VISOR beschädigt werden könnte.

Pettey lächelte, aber es war kein angenehmes Lächeln. Er baute sich groß und breit vor Geordi auf. »Gehen wir raus – nur wir beide.«

»Das kann ich nicht zulassen«, sagte T'Lara ruhig.

Jack Pettey schaute zu ihr hinab und schnaubte höhnisch. »Halt du dich da raus. Er hat es so gewollt.«

»Eine Prügelei zwischen zwei Kadetten aus unserer Klasse würde negative Auswirkungen auf die gesamte Klasse haben«, erwiderte sie.

»Ach was?« sagte er. »Und wie willst du uns daran hindern?«

Dann tat die Vulkanierin etwas Seltsames. Sie griff nach seinem Nacken, als wolle sie einen Fussel von seinem Kragen zupfen. Ihre Finger hatten ihn kaum berührt, als er die Augen weit aufriß. Eine Sekunde später brach der große Kadett bewußtlos zusammen.

»Mann!« rief Geordi. »Wie hast du das gemacht?«

Der Tellarit beugte sich über den auf dem Boden liegenden Kadetten. »Der vulkanische Nervengriff!« sagte er. »Gut gemacht!«

»Die Erklärung erfordert umfangreiche Kenntnisse über das menschliche Nervensystem«, fügte T'Lara hinzu.

»Schon gut«, sagte Geordi. »Sollte ich jemals eine Mannschaft zusammenstellen müssen, würde ich dich als erste wählen.«

T'Lara zog eine Augenbraue hoch. »Das wäre logisch.«

3

Der Dienstagmorgen war kühl, besonders um sieben Uhr. Als Geordi zum Transporterraum Eins ging, konnte er seinen Atem sehen. In seinem Infrarot-Sichtbereich wirkte er wie kleine blaue Wölkchen. Geordi zitterte ein wenig, denn er hatte Lieutenant Pantanos Anweisungen wortwörtlich befolgt – er hatte nichts mitgenommen, nicht einmal eine Jacke. Er trug lediglich seine Akademie-Uniform.

Er sah die anderen Kadetten, die aus verschiedenen Richtungen dem Transporterraum zustrebten. Einer von ihnen war der Neopygmäe, dessen Namen er nicht mal kannte. Geordi hatte nie wirklich gesehen, wie dunkel seine eigene Haut aussah, konnte sich jedoch nicht vorstellen, daß sie dunkler war als die des kleinen, vor ihm ausschreitenden Kadetten. Der Neopygmäe war halb so groß wie Geordi, und Geordi hielt sich schon für klein.

»He, warte!« rief er.

Der kleine Kadett schaute sich um, als wüßte er nicht, daß er gemeint war. Dann sah er endlich Geordi auf sich zutraben.

»Hallo«, sagte er.

Geordi streckte die Hand aus. »Hallo, ich bin Geordi LaForge.«

Der Kadett schüttelte die Hand eifrig. »Kareem Talo. He, du warst bei diesem Spiel neulich wirklich klasse.«

Geordi zuckte mit den Achseln. »Ich habe einfach so lange durchgehalten, bis ich etwas bewirken konnte.« Er schaute auf seine Uhr – sie hatten noch ein paar Minuten Zeit. »Wir können langsamer gehen und uns etwas unterhalten«, schlug er vor, zufrieden, sich einen weiteren Freund gemacht zu haben.

»Einverstanden«, sagte Kareem. »Ich wollte dich sowieso etwas fragen – kommst du aus Afrika?«

»Ursprünglich schon«, erwiderte Geordi. »Wir sind aber von dort weggezogen, als ich noch ganz klein war. Ich habe viele Geschichten gehört, erinnere mich leider aber an keine einzige mehr.«

Kareem seufzte. »Wir Afrikaner feiern gern unsere Mannigfaltigkeit. Kannst du dir vorstellen, daß ich eigens auf diese bescheidene Größe gezüchtet wurde?«

»Na ja«, sagte Geordi, »ich weiß, daß die Neopygmäen auf ihre Herkunft sehr stolz sind. Schließlich sind die Pygmäen ja eine der ältesten Rassen der Erde.«

»Ja«, murmelte Kareem. »In Zentralafrika, wo es Millionen von uns gibt, war das ja ganz in Ordnung, aber hier hätte ich nichts dagegen, deine Größe zu haben.«

»Und ich hätte nichts dagegen, deine Augen zu haben«, sagte Geordi.

Kareem lachte. »Na schön, also sind wir beide nicht perfekt. Was haben wir hier dann verloren?«

»Ich folge dem Beispiel meiner Eltern«, erwiderte Geordi. »Ich kann mir wirklich nicht vorstellen, wie mein Leben aussehen würde, wäre ich nicht bei Starfleet. Und was machst du hier?«

»Ich versuche zu beweisen, daß man nicht großgewachsen sein muß, um es bei Starfleet zu schaffen.«

»Du mußt gar nichts beweisen«, sagte Geordi. »Sei einfach, wer du bist, und gib dein Bestes. Das sage ich mir immer wieder.«

Sie erreichten eine Tür, die mit der Aufschrift TRANSPORTERRAUM EINS versehen war, und blieben stehen. Andere Kadetten eilten an ihnen vorbei.

»Du bist klug, Geordi«, sagte Kareem. »Das ist ein weiterer Grund, weshalb ich bei Starfleet sein will. Ich will klug sein. Wenn ich als alter Mann in meine Heimatstadt zurückkehren werde, will ich, daß die jungen Leute zu mir aufschauen und sagen: ›Er hat viel gesehen und erlebt. Er ist klug.‹«

Geordi grinste, als sie den Raum betraten. »Also machen wir uns auf den Weg, damit wir viel sehen und erleben!«

Ihre Namen wurden in alphabetischer Reihenfolge aufgerufen, und die Kadetten traten in Gruppen von jeweils sechs Personen auf die Transporter-Fläche. Als der Operator sah, daß sie sich an Ort und Stelle befanden, schob er einen Schalter hoch, und sie dematerialisierten in schimmernden Lichtsäulen.

Während Geordi darauf wartete, daß sein Name aufgerufen wurde, stellte er fest, daß einige der Kadetten im ersten Jahr nervös wirkten, und ihm wurde klar, daß einige, die von der Erde stammten, noch nie im Leben einen Transporter benutzt hatten. Er war mit diesen Geräten schon von klein an vertraut und konnte sich nicht vorstellen, was sie empfanden.

Er warf einen Blick auf seinen neuen Freund Kareem, der etwas bleicher als zuvor wirkte. »Hast du noch nie einen Transporter benutzt?«

»Einmal«, flüsterte Kareem nervös. »Als meine Familie und ich eine Reise zum Mars machten. Das muß aber schon zehn Jahre her sein.«

»Ist doch nichts dabei«, versicherte Geordi ihm. »Ein leichtes Prickeln, mehr nicht.«

»Aber sind Leute in diesen Dingern nicht schon mal hängengeblieben? Oder geschmolzen?«

»Nur, wenn der Transporter nicht richtig funktioniert«, erwiderte Geordi. Dann lächelte er. »Und das kommt so gut wie nie vor.«

Kareem schluckte. »So gut wie nie?«

Dann wurde der Neopygmäe aufgerufen. Geordi war bei der nächsten Runde dabei und trat schnell auf die Transporter-Fläche. *Schon besser,* dachte er, *zurück zu dem Leben, das ich kenne – dem Leben an Bord eines Raumschiffs.*

Innerhalb von ein paar Sekunden stand er in einem kleineren Transporterraum mit leuchtenden silbernen Wänden. Geordi atmete tief ein und fühlte sich sofort zu Hause, als er von der Plattform trat. Er erblickte einen Lieutenant, der auf einem Minicomputer die Mannschaftsliste überprüfte.

»Kadett Geordi LaForge«, sagte er zu dem Offizier. »Bitte um Erlaubnis, an Bord kommen zu dürfen.«

Keiner der anderen fünf Kadetten, die mit Geordi eingetroffen waren, hatte etwas gesagt. Der Offizier nickte; ganz offensichtlich war er beindruckt. »Erlaubnis erteilt, Kadett LaForge. Wie ich sehe, waren Sie schon einmal auf einem Raumschiff. Willkommen an Bord der *USS Glenn*. Bitte verlassen Sie den Raum. Gehen Sie nach rechts und am Ende des Ganges in den Hörsaal. Die Einsatzbesprechung erfolgt, sobald alle an Bord sind.«

Geordi nickte und ging zur Tür, die sich bei seiner Annäherung zischend öffnete. Die anderen folgten ihm.

Im Hörsaal bemerkte Geordi sofort den großen Andorianer und setzte sich neben ihn. »Wie geht's dir, Altos?« fragte er.

»Nicht so gut.« Altos knickte seine Kopffühler ein und rülpste. »Das Sauerkraut macht mir noch zu schaffen.«

Geordi lachte. Es war schön, Freunde zu haben, Wesen, mit denen er Erfahrungen austauschen konnte. Er schaute sich um und machte im vorderen Teil des Saals ein Podium und darüber mehrere große Bildschirme aus, die im Augenblick nicht erhellt waren. Der Raum sah im übrigen aus wie ein ganz normaler Hörsaal in der Akademie, war nur etwas kleiner.

Weitere Kadetten kamen herein und suchten Plätze. Schließlich machte er Jenna und Kareem aus und winkte ihnen zu, und dann sah er auch Jack Pettey. Dem großgewachsenen Kadetten merkte man nicht mehr an, daß er vor ein paar Abenden ohnmächtig gewesen war. Doch Geordi fiel auf, daß er einen gewissen Abstand zu T'Lara hielt.

Schließlich betraten Captain McKersie und Lieutenant Pantano den Raum. Der Captain berührte seinen Kommunikator, und Geordi hörte, wie er sagte: »McKersie an Brücke. Wir sind vollzählig. Bringen Sie uns aus dem Orbit und nehmen Sie Kurs auf Saffair. Warp vier.«

Geordi schaute sich um und schätzte, daß sich etwa hundert Kadetten in dem Raum befanden. Zweiunddreißig gehörten seinem Sportkurs an, und bei den anderen handelte es sich hauptsächlich um Studenten im dritten Jahr, von denen er keinen einzigen kannte. Ehrfürchtige Stille legte sich über die Versammlung, als ein leises Summen andeutete, daß sie die Umlaufbahn verließen.

»Willkommen an Bord der *Glenn*«, sagte Captain McKersie. Abrupt verstummten alle Gespräche. »Das ist ein Starfleet-Kreuzer der Meteor-Klasse, der zum Ausbildungsschiff umgebaut wurde.

Sie wissen, daß wir zwei völlig verschiedene Gruppen von Kadetten an Bord haben: meine eigenen Kadetten des Fortgeschrittenenkurses und Lieutenant Pantanos Sportkurs im ersten Jahr. Die Mitglieder meiner Klasse haben ihre Aufträge und werden die Führung dieses Schiffs übernehmen, sobald wir unterwegs sind.«

Er legte die Hände auf den Rücken und sah sich streng um. »Die Kadetten im ersten Jahr sind Passagiere. Vergessen Sie das bitte nicht. Ihre Quartiere sind auf Deck Drei, und Sie werden auf Deck Drei bleiben. Auf Deck Drei befindet sich ein Freizeitraum. Ihre Quartiere sind mit Nahrungsspendern und Computerbildschirmen zum Lesen ausgestattet. Sie können sich frei bewegen – solange Sie auf Deck Drei bleiben.«

Die älteren Kadetten lachten, und Geordi wußte, daß sie sich über die jüngeren lustig machten. Aber er hatte nichts dagegen. Sie *waren* schließlich noch grün hinter den Ohren und hatten sich aus dem Ausbildungsprogramm der älteren rauszuhalten. Er schaute zu Jack Pettey hinüber und bemerkte, daß der großgewachsene Kadett sich auf seinem Stuhl versteifte. *Geduld, Jack. Bei dir wird es irgendwann auch so weit sein.*

»Auf dem Rückflug werden wir die Kadetten im ersten Jahr das Schiff besichtigen lassen«, fuhr der Captain fort, »doch bis dahin müssen Sie meine Klasse ihre Arbeit tun lassen. Nach Beendigung der Einsatzbesprechung werden meine Kadetten wegtreten und ihre Posten einnehmen, und die anderen werden bleiben, bis Lieutenant Pantano ihnen die Kabinen zugeteilt hat.

Kadetten wegtreten!« bellte er.

Augenblicklich strömten zwei Drittel der Kadetten hinaus, wobei sie sich fröhlich unterhielten. Wie die meisten seiner Klassenkameraden war Geordi neidisch auf sie, sagte sich jedoch, daß auch er Gelegenheit bekommen würde, Mitglied einer Raumschiffbesatzung zu sein. Er mußte jetzt Geduld haben und durfte nicht vergessen, daß er Kadett im ersten Jahr war.

Emma Pantano trat vor und wandte sich an ihre Schutzbefohlenen. »Sie haben gehört, was Captain McKersie gesagt hat, und ich hoffe, Sie werden es in Erinnerung behalten. Eins wird Ihnen auf dieser Reise bestimmt gefallen – keiner von Ihnen bekommt einen Zimmergenossen.«

Erleichtertes Gelächter erklang, und Lieutenant Pantano wartete, bis es verhallt war. »Nachdem ich Ihnen Kabinen zugeteilt habe, werden Sie zu einem der Turbolifte außerhalb dieser Tür gehen. Nennen Sie einfach Ihr Ziel, Deck Drei, und der Lift bringt Sie dorthin. Zu Ihrer Information – dieser Hörsaal, der Transporterraum und die Brücke befinden sich auf Deck Eins, die Quartiere der Mannschaft auf Deck Zwei.

Im Spind Ihres jeweiligen Raums finden Sie eine spezielle Uniform. Ziehen Sie sie an und vergewissern Sie sich, daß sie paßt. Sollte sie nicht passen, wenden Sie sich heute abend im Aufenthaltsraum an mich, und ich werde Ihnen eine andere besorgen. Finden Sie sich morgen früh um acht Uhr in diesem Hörsaal ein. Tragen Sie dabei Ihre neue Uniform. Kurz darauf werden wir nach Saffair hinabbeamen.«

Emma Pantano schaute auf ihren Minicomputer. »Kadett Altos, Kabine Dreihunderteins. Kadett Baker, Dreihundertzwei. Kadett Bushima, Dreihundertdrei ...«

Der Nachname LaForge brachte Geordi die Kabine Dreihundertvierzehn ein. Der Turbolift brachte ihn nach Deck Drei, und er trat hinaus und fand sich in dem Freizeitraum wieder. Er war sehr beeindruckend, mit zahlreichen Spielkonsolen, Sesseln, Musikkonsolen, Computerbildschirmen, Geräten zur Körperertüchtigung und Nahrungsspendern.

Zweifellos, dachte Geordi, würden er und seine Klassenkameraden während der nächsten vierundzwanzig Stunden viel Zeit im Freizeitraum verbringen. Wenn sie schon Passagiere sein mußten, standen ihnen wenigstens zahlreiche Annehmlichkeiten zur Verfügung.

Er eilte den Gang entlang und hielt nach seiner Kabine Ausschau. Als er vor die Tür mit der *314* trat, öffnete sie sich zischend. Geordi mußte an die um-

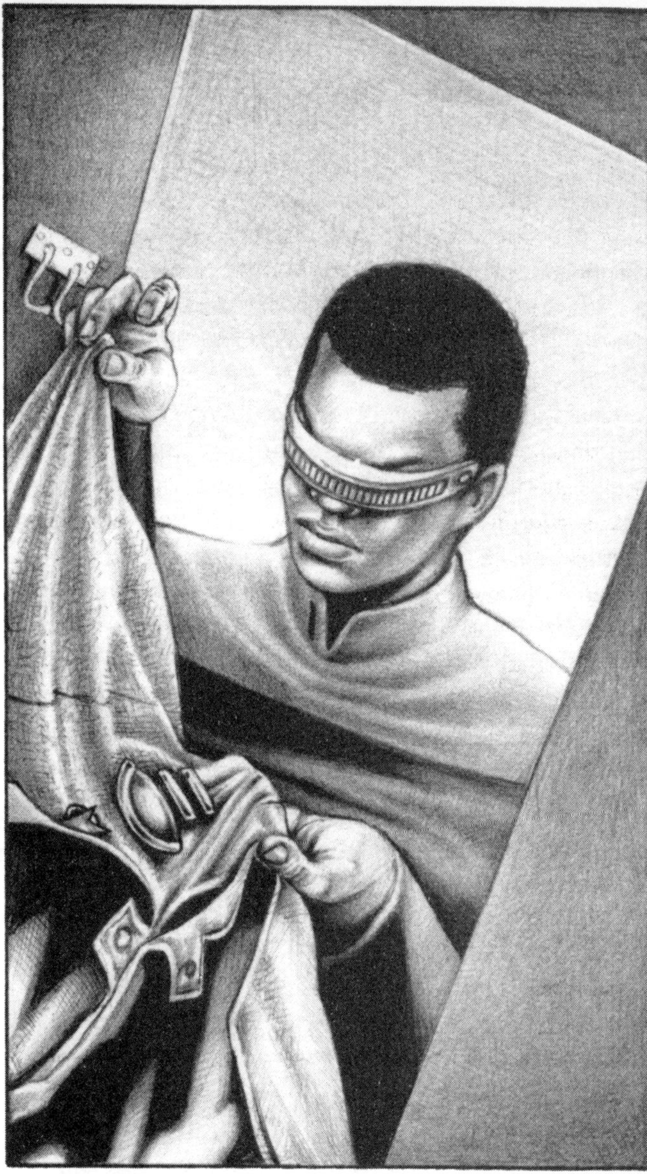

ständlichen Klinken auf der Erde denken und lächelte. *Das war schon besser!*

Die Einrichtung der Kabine entsprach der Norm – Einzelbett, Nahrungsspender, Waschbecken und Toilette, eine kleine Kommode. Sie war kleiner als sein Zimmer auf der Akademie, aber das war nicht weiter schlimm. Geordi ging sofort zum Schrank. Er war auf die besondere Uniform neugierig, die dort hing.

Auf den ersten Blick war an ihr gar nichts außergewöhnlich. Sie war braun, und das Material schien etwas dicker zu sein als das seiner normalen Uniform. Dann zog er sie heraus und wollte seinem VISOR kaum glauben. Am Brustteil des Hemdes war ein elektronisches Gerät befestigt. Es sah wie ein großes Emblem aus und hatte etwa die Größe einer Faust. *Seltsam,* dachte Geordi. So etwas hatte er noch nie gesehen.

Er versuchte, das Gerät vom Hemd zu lösen, mußte jedoch zur Kenntnis nehmen, daß dies nicht möglich war. Geordis VISOR verschaffte ihm einen Eindruck von der inneren Funktionsweise des Instruments, doch er bekam noch immer nicht heraus, worum es sich handelte. Er wußte jedoch, daß es für eine bloße Verzierung viel zu kompliziert war.

Des weiteren war ein Kommunikator an dem Hemd befestigt. Geordi mußte lächeln. Das war der erste Kommunikator, der als Starfleet-Kadett an ihn ausgegeben worden war. Er zog die Uniform an, und sie saß wie angegossen. Wenn er jetzt nur noch herausbekam, was es mit diesem Ding an seiner Brust auf sich hatte …

Geordi legte seine normale Kadettenuniform wieder an und begab sich in den Aufenthaltsraum. Er konnte keine Führung durch das Schiff verlangen, aber zumindest die Schaltpläne studieren. An einem Nahrungsspender holte er sich ein Glas Kräutertee, dann setzte er sich an einen Computerbildschirm, um die technischen Handbücher zu lesen.

Um ihn herum hörten die Kadetten Musik, betätigten sich körperlich, spielten oder unterhielten sich einfach. Keiner von ihnen trug die neue Uniform mit dem seltsamen Gerät an der Brust. Er wechselte ein paar Worte mit anderen Kadetten, war jedoch mehr daran interessiert, alles über die *Glenn* herauszufinden, was er in Erfahrung bringen konnte.

Einige der Kadetten, die durch den Freizeitraum gingen, kamen ihm ganz verloren vor, als wüßten sie nichts mit sich anzufangen. Geordi war zwar aufgeregt, kam sich aber auch wie zu Hause vor. Er fragte sich, warum die anderen nicht entspannen und den Flug genießen konnten. Dann fiel ihm ein, was Jenna zu ihm gesagt hatte – nämlich, daß seine Erziehung ihn zu einem optimalen Kandidaten für Starfleet machte. Geordi hatte sich solche Sorgen wegen seiner Blindheit gemacht, daß ihm nie klargeworden war, welches Glück er in anderer Hinsicht gehabt hatte.

Der alte Boothby hatte recht. Niemand hat es leicht.

Er schaltete das Computerterminal aus und trat zu einem Bullauge, um die bei Warpgeschwindigkeit verschwimmenden Sterne zu beobachten. Nach einem Augenblick spürte er eher, daß sich jemand hinter ihm befand, als daß er es sah. Er drehte sich um und stellte fest, daß es sich um die Albina handelte – einer der Außenseiter, die beim Elimination-Spiel als letzte in eine Mannschaft gewählt worden waren.

»Hallo«, sagte er.

»Hallo.« Sie lächelte. Sie war wirklich wie eine Porzellanpuppe, dachte Geordi.

»Ich bin Geordi LaForge«, sagte er.

»Megan Craycroft.« Sie zeigte auf das Bullauge. »Ein wunderschöner Anblick, nicht wahr?«

»Ja«, sagte Geordi. »Ich werde ihn einfach nie leid.«

»Bist du schon oft mit Warpgeschwindigkeit geflogen?« fragte Megan.

Geordi zuckte mit den Achseln. »Ich bin bei Starfleet aufgewachsen. Mir kommt es seltsam vor, aus einem Fenster zu schauen und Bäume zu sehen.«

Megan lachte, ein herzhaftes Geräusch, das nicht zu ihrem zerbrechlichen Äußeren zu passen schien. Dann wurde sie wieder ernst. »Ich muß wegen meiner Haut direktes Sonnenlicht meiden. Daher dachte ich, eine Karriere bei Starfleet wäre genau das richtige für mich.«

»Es ist interessant«, sagte Geordi, »daß jeder einen anderen Grund zu haben scheint, zu Starfleet zu gehen. Als Kind glaubt man, alle anderen wollten das gleiche wie man selbst. Jetzt stellt man fest, daß wir alle verschieden sind.«

»Da wir gerade von Unterschieden sprechen«, sagte Megan, »was hältst du von diesem seltsamen Ding an unseren neuen Uniformen?«

Geordi schüttelte den Kopf. »Es muß etwas mit der

Kampfausbildung auf Saffair zu tun haben. Wahrscheinlich werden wir es ziemlich bald herausfinden.«

Megan drehte den Kopf. »Da ist Lieutenant Pantano«, sagte sie »Sollen wir sie fragen?«

Geordi drehte sich um und sah, daß die Ausbilderin aus dem Turbolift trat. Augenblicklich war sie von neugierigen Kadetten umgeben. Er sah, daß sie lächelte und den Kopf schüttelte. Anscheinend wollte sie ihnen vor dem morgigen Tag nichts sagen.

»Meine Uniform paßt«, sagte Geordi. »Was ist mit deiner?«

»Wie ein Handschuh«, erwiderte Megan. »Sie wissen wohl genau, was sie tun. Die Akademie macht nicht viele Fehler.«

Geordi beobachtete die Ausbilderin, die durch den Aufenthaltsraum ging und ihre Schüler begrüßte. Es sprach sich schnell herum, daß sie anwesend war, und weitere Studenten kamen aus ihren Kabinen und in den Freizeitraum. Nach ein paar Minuten war er voll.

Doch Emma Pantano schien keine Ansprache halten zu wollen. Sie schlenderte lediglich herum und nahm schließlich an einer Musikkonsole Platz. Sie setzte den Kopfhörer auf, lehnte sich zurück und lauschte der Musik.

Na ja, dachte Geordi, *nichts spricht dagegen, daß sie sich entspannt. Vor morgen früh wird nichts mehr passieren.*

Plötzlich erzitterte das Schiff. Die Kadetten schwankten hin und her, bemühten sich, das Gleichgewicht zu behalten. Eine durchdringende Alarmsirene erklang, und der Raum füllte sich langsam mit Rauch.

»Alarmstufe Rot! Alarmstufe Rot!« erklärte Captain McKersie über das Interkom. »Alle Mann auf Kampfstation! Alle Mann auf Kampfstation!«

Die Alarmsirene war ohrenbetäubend, und durch die Abzugsöffnungen unter den Decken quoll Rauch. Die Kadetten schrien und brüllten, stoben in alle Richtungen davon. Geordi sprang auf und sah sich in dem Aufenthaltsraum nach Lieutenant Pantano um, konnte sie jedoch nirgendwo ausmachen.

»Was können wir tun?« rief Megan.

Das Schiff erzitterte erneut. »Alle Mann auf Kampfstation!« befahl der Captain erneut. »Wir werden angegriffen.«

»Wir müssen ihnen helfen!« rief ein Kadett und lief zum Turbolift. Ob sie nun ebenfalls helfen oder einfach nur fliehen wollten, zahlreiche andere Kadetten folgten ihm jedenfalls. Die Türen des Turbolifts schlugen hinter ihnen zu.

Instinktiv schaute Geordi aus dem Bullauge und sah, daß die Sterne zur Ruhe gekommen waren. Das Schiff bewegte sich nicht mehr.

4

Geordis Herz hämmerte, aber er zwang sich, ruhig zu bleiben. Er rief sich in Erinnerung zurück, daß das Schiff oder der Vorposten, auf dem er sich als Kind befunden hatte, oftmals in Gefahr geraten war und er nichts anderes hatte tun können, als den anderen nicht im Weg zu stehen. Das war lediglich eine weitere dieser Situationen, sagte er sich.

Er ließ sich auf die Knie hinab, um dem Rauch auszuweichen, und nach ein paar Sekunden wurde ihm klar, daß er nicht mal hustete. Der Rauch war dicht, anscheinend aber nicht tödlich. Geordi kroch zum Bullauge zurück, um hinauszuschauen. Er konnte zwar nur einen Teil des sie umgebenden Weltraums sehen, aber keine angreifenden Schiffe ausmachen. Wer würde sie überhaupt so tief im Föderationsraum angreifen?

»Wir müssen etwas tun!« rief Megan.

»Nein!« erwiderte Geordi. »Bleib ganz ruhig!«

Ein anderer Kadett hörte sie. »Aber wir werden angegriffen!« schrie er.

Geordi sah erneut aus dem Fenster. Es waren keine verräterischen Blitze eines Phaserbeschusses auszumachen. Falls die *Glenn* tatsächlich angegriffen wurde, erwiderte sie das Feuer nicht. Geordi hatte plötzlich den Eindruck, daß – falls überhaupt etwas nicht in Ordnung war – es sich jedenfalls nicht um einen Angriff handelte.

»Ich weiß nicht, was los ist«, sagte er, »aber angegriffen werden wir nicht. Außerdem … wie lauten unsere Befehle?«

»Auf Deck Drei zu bleiben«, antwortete jemand verlegen.

»Genau«, sagte Geordi und deutete auf die nervösen Kadetten, die auf die Turbolifte warteten. »Holt sie da weg.«

»Hört auf ihn!« sagte eine bekannte Stimme. Sie drehten sich um und sahen Lieutenant Pantano durch den Rauch schreiten. Sie berührte ihren Kommunikator und fragte: »Pantano an Brücke. Sie können die Simulation beenden. Wie viele haben Ihre Befehle mißachtet?«

»Neun«, kam die Antwort.

»Mist!« murmelte die Pantano. Sie schaute nicht sehr zufrieden drein. »Ein schlechteres Ergebnis als bei der letzten Gruppe.«

Geordi stellte fest, daß kein Rauch mehr durch die Lüftungsschlitze quoll und die Luft wieder klarer wurde. Auch der Alarm war verstummt, und das Schiff wurde nicht mehr von Stößen erschüttert.

Die Türen des Turbolifts öffneten sich, und neun sehr verdrossene Kadetten traten hinaus. Einer von ihnen war der Tellarit. Ihnen folgte ein Fähnrich, der ihre Namen in seinen Minicomputer eingab.

Lieutenant Pantano funkelte die neun Übeltäter an, die vor Scham die Köpfe hängen ließen. »Indem Sie Deck Drei verlassen haben, haben Sie einen direkten Befehl mißachtet«, schnappte sie. »Sie können sicher sein, daß Sie dafür einen Tadel erhalten werden. Drei

solcher Minuspunkte, und Sie werden der Starfleet-Akademie verwiesen!«

Sie drehte sich um und wandte sich nun an alle Kadetten. »Auf einem Raumschiff kann ganz plötzlich etwas geschehen. Man hat keine Zeit zum Nachdenken. Es gibt nur eine Möglichkeit, wie man überleben kann, und die besteht darin, seine Befehle zu befolgen. Sie sehen ja, wozu es kommt, wenn Sie Ihre Befehle mißachten – zum Chaos!«

Die Ausbilderin atmete tief ein und schien sich etwas zu beruhigen. »Ich muß aber eingestehen, daß der Captain sich selbst übertroffen hat, als er die Impulstriebwerke zum Erzittern brachte. Ich hätte fast selbst geglaubt, wir wären getroffen worden. Aber es gibt keine Entschuldigung dafür, einen direkten Befehl zu mißachten. Keine. Habe ich mich klar ausgedrückt?«

»Ja, Sir«, murmelten zweiunddreißig Stimmen.

Pantano streckte die Hand aus, und der Fähnrich gab ihr den Minicomputer. »Diese Übung hatte noch einen anderen Zweck. Aufgrund Ihres Verhaltens in einer Krisensituation habe ich meine vier Captains für die Kampfspiele auf Saffair ausgewählt.«

Sie gab die Namen in das Gerät ein. »Es sind Kadett Geordi LaForge, Kadett Sidra Swan, Kadett Michael Takama und Kadett Jack Pettey. Hat übrigens irgendwer eine Uniform bekommen, die nicht sitzt?«

Niemand sagte etwas, also nickte die Pantano. »Sie werden bestimmt viele Fragen haben, und ich werde morgen um acht Uhr auf alles zu sprechen kommen. Seien Sie pünktlich und tragen Sie die neuen Uniformen. Jetzt schlafen Sie gut... und was Sie auch tun, bleiben Sie auf Deck Drei.«

Emma Pantano und der Fähnrich traten in den Turbolift und waren verschwunden. Geordi atmete tief aus. Er war keineswegs der Meinung, eine herausragende Leistung vollbracht zu haben. Er hatte mehr Erfahrung damit, was es hieß, an Bord eines Raumschiffs zu sein, das war alles. Aber er wußte, daß es nie etwas brachte, in Panik zu geraten. Geordi machte sich größere Sorgen darüber, was es bedeutete, bei den bevorstehenden Spielen Mannschaftsführer oder ›Captain‹ zu sein.

Er schaute sich um und bemerkte, daß Jack Pettey ihn von der Seite angrinste. Pettey ahmte mit Daumen und Zeigefinger eine Pistole nach und tat so, als wolle er auf Geordi schießen. Dann lachte er und ging davon. Nervös schaute Geordi wieder zum Bullauge. Die Sterne zogen mit Warpgeschwindigkeit vorbei.

Den Rest des Abends über waren die Kadetten bedrückt. Die meisten von ihnen befolgten Lieutenant Pantanos Rat und gingen früh zu Bett, um am nächsten Tag ausgeruht zu sein. Geordi wachte erfrischt auf und frühstückte in seiner Kabine. Dann zog er die Uniform mit dem seltsamen Emblem auf der Brust an. Er war versucht, den Kommunikator zu berühren, um festzustellen, ob er funktionierte, wollte aber nicht das Risiko eingehen, sich Ärger einzuhandeln.

Selbst auf dem Gang und im Turbolift wurde nicht viel gesprochen. Alle dachten an die neun Kadetten, die in Panik geraten waren und Minuspunkte erhalten hatte. Alle fragten sich, ob weitere Minuspunkte vergeben werden würden, bevor diese Ausbildungsmission vorbei war. Es war eine Sache, im Klassenzimmer zu sitzen und theoretische Studien zu treiben, dachte Geordi, aber eine ganz andere, unter ernsthaft anmutenden Bedingungen auf die Probe gestellt zu werden.

Er betrat den Hörsaal und setzte sich neben Megan, die Albina. Sie bedachte ihn mit einem nervösen Lächeln. Die Kadetten kamen leise herein und nahmen Platz. Mehrere von ihnen betrachteten die Geräte an den Uniformen der anderen.

Lieutenant Pantano betrat den Saal und ging auf das Podium. Alle Gespräche wurden abrupt beendet.

»Captain McKersie hat mir mitgeteilt, daß wir in ein paar Minuten in den Orbit um Saffair gehen«, begann sie. »Wir werden drei Tage und zwei Nächte auf dem Planeten verbringen und in Zelten wohnen. Die *Glenn* wird die meiste Zeit über den Planeten umkreisen.

Es gibt auf Saffair kein intelligentes und nur sehr wenig tierisches Leben. Aber in der Kruste des Planeten gibt es umfangreiche Kalksteinvorkommen. Chemische Reaktionen mit dem Kalkstein haben Saffair eine atembare Atmosphäre gegeben, obwohl die Schwerkraft dieser Welt nur halb so groß wie die der Erde ist.«

Pantano lächelte. »Aber das ist keine wissenschaftliche Expedition. Wir sind nach Saffair geflogen, um einen Wettkampf auszutragen und etwas über Kampf, Teamwork und Überleben zu lernen. Das Spiel, das wir austragen werden, ist uralt und heißt *Erobert die Flagge!*

Unsere Version verzichtet auf Waffen, beinhaltet aber Kommunikatoren und ein Gerät namens Coupmeter. Das ist das Ding an Ihrer Brust. *Coup* ist das französische Wort für ›Treffer‹. Die Idee entspringt der Auffassung der amerikanischen Ureinwohner, daß größere Tapferkeit erforderlich ist, einen Widersacher im Kampf zu berühren und ihn am Leben zu lassen, statt bis auf den Tod zu kämpfen.

Wenn ein Gegner Ihren Coupmeter berührt, werden Sie automatisch auf das Schiff zurücktransportiert. Sie können sich als Gefangener betrachten und sind aus dem Spiel. Sinn des Spiels ist es, die Flagge des anderen Teams zu erobern, die deutlich sichtbar gezeigt werden muß. So einfach ist das.

Sie werden vier Mannschaften mit je acht Kadetten bilden«, fuhr sie fort. »Das Spielfeld ist zwei Quadratkilometer groß. Das klingt nach sehr viel, aber aufgrund der niedrigeren Schwerkraft können die Teilnehmer größere Entfernungen zurücklegen. Im Lauf des Vormittags werden wir jedes Team aufs Schiff hinaufbeamen, um ihm letzte Anweisungen zu erteilen, und dann wieder hinab in eine jeweils andere Ecke des Spielfelds, wo es seine Flagge aufstellen wird.«

Lieutenant Pantano berührte ihren Kommunikator. »Die Teams können sich mit Hilfe der Kommunikatoren über einen gesicherten Kanal verständigen. Aber Ihre Geräte haben nur eine begrenzte Reichweite. Wenn Sie versuchen, einen Mannschaftsgefährten zu rufen, und er meldet sich nicht, ist er wahrscheinlich gefangengenommen und auf das Schiff zurückgeschickt worden. Die Kommunikatoren sind die einzigen technischen Hilfsmittel, die Ihnen zur Verfügung stehen.

Heute werden wir nur die Zeltlager aufschlagen und uns an die Schwerkraft gewöhnen. Morgen wird es zwei Ausscheidungsspiele geben. Am darauffolgenden Tag werden die beiden Sieger des ersten Tages um den ersten, die beiden Verlierer um den dritten Platz spielen.«

Die Pantano lächelte. »Wenn meine vier Captains jetzt vortreten würden, könnten wir die Mannschaften wählen.«

Geordi erhob sich verlegen und ging zum Podium hinab. Wieso hatte man ihn zum Captain eines Teams ernannt? Als der falsche Angriff begann, hatte er doch lediglich ein wenig gesunden Menschenverstand an den Tag gelegt. Vielleicht, so hoffte er, gab es bei Starfleet einen Platz für einen Kadetten mit gesundem Menschenverstand.

Er stellte sich neben die anderen Mannschaftsführer und bemühte sich Jack Pettey nicht anzusehen. *Wenigstens,* dachte Geordi, *muß ich mir keine Sorgen machen, wieder als letzter gewählt zu werden.*

»Wenn Sie gewählt werden, kommen Sie herab und stellen sich hinter Ihren Captain«, sagte die Pantano zu den Kadetten. »Mr. LaForge, Sie fangen an.«

Dazu mußte er nicht großartig nachdenken. »T'Lara«, sagte er und zeigte auf die schlanke Vulkanierin. Pettey funkelte ihn wütend an, und Geordi versuchte, den großgewachsenen Kadetten zu ignorieren.

Die anderen Captains, Pettey, Swan und Takama, wählten ihr jeweils erstes Mannschaftsmitglied. Ihre

Entscheidungen waren vorhersagbar – die größten und stärksten Kadetten der Klasse. Nun mußte Geordi seinen zweiten Mannschaftsgefährten aussuchen, und er geriet ins Grübeln. Sollte er die größten und stärksten auswählen, die, die immer gewählt wurden?

Geordi lächelte und zeigte auf den kleinen Neopygmäen. »Kareem.«

Alle – besonders Kareem – waren überrascht. Jack Pettey kicherte, doch Kareem schob die Brust raus und gesellte sich stolz zu seinem Captain.

Die anderen wählten erneut und betrachteten Geordi dann erwartungsvoll. Er enttäuschte sie nicht. »Megan Craycroft«, sagte er und deutete auf die fein gebaute Albina.

Nun wußten alle, was Geordi im Sinn hatte, und keiner war mehr überrascht, als er beim nächsten Durchgang auf den rundlichen Tellariten zeigte. Und auch nicht, als er den kleinen, purpurnen Saurianer wählte.

Geordi lächelte seine hinter ihm stehenden Mannschaftsmitglieder an, und sie erwiderten das Lächeln. *Vielleicht werden wir nicht gewinnen,* dachte er, *aber zumindest sind wir eine handverlesene Truppe.*

Als Geordi die beiden letzten Teamgefährten wählen mußte, stellte er erleichtert fest, daß Jenna und Altos noch zur Verfügung standen. Er entschied sich für sie. Selbst mit der stämmigen dunkelhaarigen Frau und dem großen Andorianer mutete seine Mannschaft im Vergleich zu den anderen mehr als nur etwas seltsam an. Aber es war ein zufriedenes Team.

Emma Pantano betrachtete eine Mannschaft nach der anderen, und als sie Geordis Team musterte, legte sich ein Lächeln auf ihr Gesicht. »Und jetzt, Mr. LaForge, müssen Sie die Farbe Ihres Teams wählen«, sagte sie. »Sie haben die Wahl zwischen Rot, Blau, Grün und Gold.«

»Grün«, erwiderte Geordi. Er wußte nicht, wie sie auf andere wirkte, aber es war seine Lieblingsfarbe.

Die Pantano nickte und holte ein kleines Gerät aus ihrer Tasche. Sie nahm eine Einstellung vor und drückte es dann gegen den Coupmeter an Geordis Brust.

Augenblicklich färbte sein Hemd sich dunkelgrün.

Die Kadetten sahen erstaunt zu, während sie mit den anderen Mitgliedern des grünen Teams ebenso verfuhr. Sie mochten unterschiedliche Hautfarben haben, doch ihre Uniformen und Coupmeter waren nun identisch gefärbt. Sie waren ein Team.

Kadett Swan wählte die Farbe Rot, und die Hemden ihrer Mannschaft nahmen ein dunkles Scharlach an. Takama wählte Blau, und ihre Hemden wurden marineblau. Für Pettey blieb Gold übrig, doch er schien mit der Farbe zufrieden zu sein. Mit seinem blonden Haar und dem goldenen Gewand sah er wie ein antiker Krieger aus.

»Sie sind jetzt Teams«, sagte Lieutenant Pantano. »Sie werden gemeinsam ein Lager aufschlagen, gemeinsam essen und gemeinsam Ihre Strategie planen. Ich verbiete Ihnen zwar nicht, mit Angehörigen anderer Mannschaften zu sprechen, würde Ihnen aber doch davon abraten. In den nächsten drei Tagen sind die anderen Teams der Feind.«

Sie berührte ihren Kommunikator. »Pantano an McKersie. Wenn Sie soweit sind, können wir anfangen.«

»Sehr gut«, antwortete der Captain. »Wir befinden uns seit etwa zehn Minuten in der Umlaufbahn, die Ausrüstungen und die Helfer sind bereits unten. Schicken Sie Ihr erstes Team in den Transporterraum. McKersie Ende.«

Die Pantano drehte sich zu ihren Studenten um. »Noch etwas«, fügte sie hinzu. »Sie können auf Saffair doppelt so hoch wie gewohnt springen, müssen aber trotzdem wieder auf dem Boden aufsetzen. Übertreiben Sie es nicht, oder Sie werden mit einem gebrochenen Bein oder Knöchel enden. Grünes Team, melden Sie sich im Transporterraum.«

Geordi nickte und musterte seine zusammengewürfelte Truppe. Kareem und der Saurianer waren etwa so groß wie zehnjährige Kinder. Der Tellarit war ein Fettwanst, und die meisten anderen waren Bohnenstangen. Aber es war das Team, das er gewählt hatte.

»Also los«, sagte Geordi. »Zeigen wir es ihnen.«

5

Geordi tat den ersten Schritt auf Saffair, ohne an die veränderten Schwerkraftbedingungen zu denken. Er sprang einen Meter hoch in die Luft, landete wieder, verlor das Gleichgewicht und stürzte prompt. Jenna tauchte hinter ihm auf und hob ihn mit Leichtigkeit hoch.

»Komm schon, Captain«, sagte sie grinsend, »du solltest dich nicht tolpatschiger benehmen als die anderen.«

Aber alle sahen tolpatschig aus, während sie in den ersten Minuten herumsprangen wie Kinder in einem Laufstall. Der Tellarit, der noch nie ein Leichtgewicht gewesen war, hatte den größten Spaß an der Sache. »Seht doch nur!« rief er, machte einen Satz und segelte durch die Luft.

»Seid vorsichtig!« warnte Geordi sie. »Vergeßt nicht, was der Lieutenant über das Landen gesagt hat. Ich will nicht, daß wir schon vor Spielbeginn ein paar Ausfälle haben.«

»Jawohl, Sir!« sagte Kareem, schlug prompt einen Salto und landete wieder auf den Füßen. »Siehst du – kein Problem! Ach, könnten wir hier doch nur Basketball spielen. Ich könnte einen Ball versenken!«

Geordi lachte und schüttelte den Kopf. Tja, er konnte ihnen keine Vorwürfe machen, daß sie ihren

Spaß hatten. Sie erinnerten ihn fast an eine Akrobatentruppe – sie sprangen, hüpften und flogen. Lediglich Altos, der große Andorianer, hatte Schwierigkeiten, das Gleichgewicht zu bewahren.

Hmm, dachte Geordi. Vielleicht hatte er rein aus Zufall etwas sehr Kluges getan. *Auf Saffair war es vielleicht besser, ein kleines und leichtes und kein großes und schwerfälliges Team zu haben.*

Geordi studierte ausführlich ihre Umgebung. Dieser Teil von Saffair war eine weite Ebene mit großen, unheimlich anmutenden Kalksteinformationen. Der Kalkstein verlieh dem Boden und den Felsen ein grünes, kreidiges Aussehen. Es gab keine Bäume, nur ein paar dürre Büsche. Aber hinter einigen dieser großen Geröllblöcke konnte man notfalls ein ganzes Heer verstecken.

»Geordi!« erklang eine Stimme. Er drehte sich um und machte T'Lara aus, die fast hundert Meter entfernt auf einem großen Findling stand. Sie sprang von dem Gesteinsbrocken hinab und lief mit langen, ausholenden Schritten zu ihm. Die gut hundert Meter hatte sie in ein paar Sekunden zurückgelegt.

»Mann!« sagte Geordi. »Das ist ja unglaublich.«

»Eigentlich nicht«, sagte die Vulkanierin. »Sogar völlig normal, wenn man die relative Schwerkraft bedenkt. Sei aber vorsichtig, wenn du auf den Kalkstein springst – er zerbröckelt schnell.« Sie deutete auf den Findling. »Ich glaube, da drüben habe ich die Ausrüstung für unser Lager gesehen.«

»Gehen wir«, sagte Geordi.

Ohne daß sie es beabsichtigt hatten, wurde der Weg zu dem Geröllblock zu einem Rennen. Zu Geordis

Überraschung schlug die Albina, Megan, sie alle. T'Lara belegte knapp den zweiten Platz.

»Ich muß in den Schatten«, erklärte Megan. »Ich kann nicht so lange in der Sonne bleiben.«

Auf dem Stapel an Ausrüstungsgegenständen lag ein älterer Kadett. Er schlief tief und fest.

»Entschuldigung«, sagte Geordi. »Sind Sie unser Überlebensexperte?«

Blinzelnd wachte der junge Mann auf. »Äh… seid ihr schon da?«

»Sieht ganz danach aus«, antwortete T'Lara.

Der rothaarige Kadett rappelte sich auf. »Ich bin Russ Wilmot. Freut mich, Sie kennenzulernen. Entschuldigt, daß ich gepennt habe, aber ich hatte die ganze Nacht über Bereitschaft auf der Brücke. Kennt sich einer von euch damit aus, ein Lager aufzuschlagen?«

»Ich«, sagte Kareem.

»Ich auch«, sagte Jenna.

Russ gähnte. »Ist ja toll. Na ja, da sind Ihre Zelte. Bauen Sie sie auf.«

Unter Kareems und Jennas Anleitung setzten sie die drei Zelte zusammen. In jedem sollten vier Personen schlafen können, doch was dies betraf, hatte Geordi seine Zweifel. Er wies ein Zelt den drei jungen Frauen zu, T'Lara, Jenna und Megan. Das zweite bekamen die beiden größten Mitglieder des grünen Teams, Altos und Zemusta, der Tellarit. Das dritte bestimmte er für sich selbst, Kareem und Vernok, den Saurianer.

Russ Wilmot erwies sich schließlich als nützlich, indem er ihnen erklärte, wie sie die tragbaren Toiletten benutzen und die Schlafsäcke aufblasen mußten. Er zeigte ihnen auch, wie sie ihr Essen zubereiten konnten, das sich in versiegelten Beuteln befand. Wenn man die Beutel drehte, vermischten sich Chemikalien und erzeugten Wärme, die das umschlossene Gericht garte. Die Thunfisch-Kasserolle schmeckte überraschend gut, dachte Geordi.

»Bei allem, was Sie hier sehen«, erklärte Russ, »handelt es sich um die typische Überlebensausrüstung an Bord eines Shuttles. Sollten Sie also jemals mit einem Shuttle eine Bruchlandung machen, kennen Sie sich wenigstens schon damit aus.«

»Russ«, sagte Jenna, »können Sie uns ein paar Tips für *Erobert die Flagge* geben?«

Der ältere Kadett lächelte. »Das darf ich nicht. Ich gehörte einem Team an, das den dritten Platz belegte, also wäre ich Ihnen wahrscheinlich sowieso keine große Hilfe. Es gibt zahlreiche unterschiedliche Strategien. Vergessen Sie nicht, ein oder zwei Mitspieler können eine große Fläche abdecken. Und um Ihren Coupmeter zu berühren, muß man Sie erst fangen.«

Niemand unterbrach ihn, aber Russ wollte nicht mehr verraten. Er schaute zu einer Bergkette in der Ferne. Ihre seltsamen Gipfel und Spitzen funkelten in der untergehenden Sonne.

»Die Sonne geht auf Saffair schnell unter«, sagte er beiläufig. »Sie haben genug Vorräte und Wasser. Sie bekommen bestimmt selbst heraus, wie man die Lampen einschaltet. Wir melden uns, wenn Ihre Spielpartie beginnt. Also, gute Nacht. Und viel Glück.«

Sie dankten ihm, und Russ berührte seinen Kommunikator. »Wilmot an *Glenn*. Einen zum Hochbeamen.« Eine Sekunde später verschwand er in einer funkelnden Lichtsäule.

Nun waren sie ganz allein auf einem fremden Planeten, auf dem die Felsen grün waren und man wie ein Känguruh hüpfen konnte. Geordi schaute über die kahle Ebene und machte die Lichter der anderen Lager aus. Andere Teams. Sie konnten in einer Minute zu einem dieser Lager laufen, aber welchen Grund hätten sie dazu? Lieutenant Pantano hatte recht gehabt, als sie ihnen gesagt hatte, sie sollten sich von den anderen Gruppen fernhalten. Sie waren der Feind.

Geordi drehte sich um und stellte fest, daß alle Mitglieder des grünen Teams ihn ansahen.

»Also, Captain LaForge«, sagte Jenna, »was nun?«

Geordi seufzte. »Hört mal, Leute, wenn es euch nicht paßt, daß ich die Befehle gebe, können wir einen anderen wählen.«

Sofort erklang lautstarker Protest. »Kommt nicht in Frage!« sagte Kareem. »Wir werden dir überallhin folgen.«

»Zum Sieg!« bellte der Tellarit, Zemusta, und rümpfte seine schweineähnliche Schnauze.

Megan lächelte. »Genau, Geordi. Wir alle haben uns viel besser gefühlt, als du uns vor den anderen gewählt hast. Jetzt hast du unsere Loyalität, und dabei bleibt es.«

»Na schön«, sagte Geordi, »aber so richtig gezeigt haben wir es ihnen erst, wenn wir sie besiegt haben.«

»Dann besiegen wir sie doch!« krähte Vernok. Das war das erste, was der kleine Saurianer den ganzen Tag über gesagt hatte.

Geordi nickte ernst. »Also gut. Ich habe zwei Ratschläge bekommen, die sich vernünftig anhören. Jemand an der Akademie hat mir gesagt, ich solle meine Flagge ganz oben anbringen. Dann wollen wir das auch tun. Wir wollen es den anderen so schwer wie möglich machen, sie zu bekommen. Und wenn wir sie ganz oben auf einer Felsformation mit mehreren Findlingen und Verstecken aufstellen, können wir uns in den Hinterhalt legen und auf sie warten.«

Er schüttelte den Kopf. »Aber die anderen Teams haben ein paar starke Leute. Ich weiß nicht, wie wir ihre Coupmeter zuerst berühren können, wenn wir uns auf einen Ringkampf mit ihnen einlassen.«

»Captain«, sagte Zemusta, »mir ist aufgefallen, daß auf den Felsen und dem Boden Schlingpflanzen wachsen. Vielleicht sind sie so stark, daß man Netze aus ihnen flechten kann.«

»Eine ausgezeichnete Idee«, sagte Jenna. »Selbst wenn wir sie damit nur ein paar Sekunden lang aufhalten können, wäre es die Sache wert.«

»Na schön«, sagte Geordi. »Wir teilen unser Team in zwei Gruppen – Verteidiger und Späher. Sobald wir hinabgebeamt werden, machen die Verteidiger sich daran, Netze zu knüpfen. Was die Späher betrifft, so werden wir wohl mit einem oder zwei Leuten auskommen. Ihre Aufgabe ist es, so schnell wie möglich die feindliche Flagge und das feindliche Team zu finden.«

Er berührte sein VISOR. »Mit diesem Gerät kann ich Dinge sehen, die der Rest von euch nicht sehen kann. Also werde ich ein Späher sein. Megan, mit deiner Schnelligkeit wärest du ebenfalls ein guter Späher, aber du mußt ja die Sonne meiden. Also wird T'Lara der andere Kundschafter sein.«

Geordi zeigte auf die Ebene, über die sich schnell die Dunkelheit senkte. »Da T'Lara und ich dort draußen sein werden, gebe ich Jenna das Kommando über unsere Verteidigungspositionen. Vielleicht sollte Altos das letzte Mannschaftsmitglied sein, daß sie überwinden müssen. Wenn ich gefangengenommen werde, übernimmt Jenna den Befehl. Wenn Jenna gefangengenommen wird... tja, dann haben wir jede Menge Probleme.«

Um ihn herum erklang Gelächter. Als es erstarb, glaubte Geordi, ein anderes Geräusch zu hören. Alle Mitglieder des grünen Teams saßen um ihn herum, und Geordi hatte nicht die geringste Ahnung, was dort draußen in der Dunkelheit herumschleichen konnte.

»Hat jemand etwas gehört?« flüsterte er.

»Ich«, erwiderte T'Lara genauso leise.

Geordi ergriff schnell eine der Lampen und leuchtete damit in die Dunkelheit. Eine verstohlene Gestalt schoß davon.

Kareem sprang auf. »Ein mieser Spion!«

»Betrüger!« rief Zemusta.

»Schnappen wir uns ihn!« sagte Jenna.

»Ich glaube, er hat sich erst angeschlichen, als wir zu lachen anfingen«, sagte Geordi. »Aber das verrät uns etwas – die anderen Teams wollen ebenfalls unbedingt gewinnen.«

»Wieso spionieren sie uns aus?« fragte Megan. »Man hat uns noch nicht mal gesagt, gegen welches Team wir spielen.«

»Sie haben nur versucht, sich einen Vorteil zu verschaffen«, sagte Geordi, »und zwar auf jede erdenkliche Art und Weise. Wahrscheinlich haben sie auch zu allen anderen Lagern Spione geschickt. Niemand hat gesagt, daß wir keine Spione einsetzen dürfen.«

»Oder Netze«, flüsterte Jenna. Sie schaute sich um. »Ich frage mich, wo das eigentliche Spielfeld ist. Es würde vielleicht helfen, wenn wir es uns vorher ansehen könnten.«

Geordi schüttelte den Kopf. »Wir werden nicht durch die Dunkelheit irren, um es zu suchen.«

»Und was werden wir jetzt machen?« fragte Zemusta.

Geordi zuckte mit den Achseln. »Kennt jemand ein paar Lieder, die man am Lagerfeuer singen kann?«

»Ach was«, sagte Kareem. »Es ist viel schöner, an einem Lagerfeuer Gespenstergeschichten zu erzählen.«

»Nein«, sagte Altos und begutachtete einen Beutel Spaghetti. »Essen wir doch einfach was.«

Schließlich tat jeder, wozu er Lust hatte. Während Kareem afrikanische Gespenstergeschichten erzählte, aßen ein paar Kadetten, und andere schliefen. Saffair hatte keine Monde, doch der Nachthimmel funkelte vor Millionen von Sternen. Geordi bat T'Lara, mit ihm einen Spaziergang zu machen. Er wollte die schlanke Vulkanierin, die sich mit ihm ins Feindesland wagen würde, besser kennenlernen.

»Hast du irgendeine Vorstellung, worum es morgen geht?« fragte er.

Sie neigte nachdenklich den Kopf. »Nur, daß wir bereit – und imstande – sein müssen, schneller zu laufen als unsere Verfolger.«

»Ja«, sagte Geordi. »Daran habe ich auch gedacht. Deshalb habe ich dich als Späherin ausgesucht.«

T'Lara nickte. »Es gibt noch andere Gründe, wieso ich die logische Wahl bin.«

»Ach ja?« fragte Geordi.

»Ja. Wir Vulkanier sind stärker, als wir aussehen. Kraft könnte morgen sehr wichtig sein. Außerdem bist du unser Anführer. Koste es, was es wolle, wir müssen dich beschützen. Wenn du mir den Befehl gibst, mich zu opfern, um dich zu schützen, werde ich es ohne das geringste Zögern tun.«

Geordi lachte nervös. »Ich glaube nicht, daß das nötig sein wird.«

»Vielleicht doch«, erwiderte T'Lara. »Zögere nicht, mich darum zu bitten. Als Vulkanierin werde ich mich ohne Groll opfern. Ich bin nicht imstande, Selbstmitleid zu empfinden. Wenn wir ihre Flagge gefunden haben, mußt du die anderen unbedingt informieren. Du mußt imstande sein, den Angriff zu führen.« T'Lara schaute unbeeindruckt geradeaus. »Die Bedürfnisse vieler sind wichtiger als das Bedürfnis des einzelnen.«

»Na schön«, stimmte Geordi achselzuckend zu. »Du kannst mein Leibwächter sein.«

»Eine gute Entscheidung«, sagte T'Lara.

Geordi kicherte. »Ich frage mich, ob wir gegen Jack Petteys Team spielen. Würdest du ihn nicht gern besiegen?«

Sie zuckte mit den Achseln. »Es wäre das gleiche –

ob wir nun das goldene Team schlagen oder das rote oder das blaue.«

»Wirklich?« fragte Geordi. »Wäre es dir nicht mal ein bißchen lieber, ausgerechnet ihn zu besiegen? Er ist ein Trottel.«

T'Lara gestattete sich den Anflug eines Lächelns. »Wie du sagst … er ist ein Trottel.«

Mehr wollte Geordi gar nicht wissen. Tief in seinem Inneren war er versessen darauf, gegen das goldene Team anzutreten, hatte gleichzeitig aber auch Angst davor. Er hatte noch nie in seinem Leben jemanden wirklich gehaßt. Geordi wollte, daß die Leute ihn mochten, und es störte ihn, daß jemand ihn nicht ausstehen konnte. Aber nun waren er und Pettey Rivalen, und er konnte nichts dagegen tun – außer, ihn zu besiegen.

Später am Abend rollte Geordi sich in seinem Schlafsack zusammen. Kareem schnarchte leise neben ihm. Vernok, der kleine Saurianer, lag reglos auf der anderen Seite. Seine dicke, reptilienhafte Haut war unbedeckt. Geordi wußte, daß er schlafen mußte, konnte es aber nicht. Er war zu aufgeregt. Er hatte sich nie als Anführer gesehen, aber es gab keinen Zweifel daran, daß sein Team ihn genau dafür hielt.

Ich will sie nicht im Stich lassen.

Er rief sich die acht Angehörigen des grünen Teams in Erinnerung: er selbst, T'Lara, Jenna, Megan, Altos, Kareem, Zemusta und Vernok. Sie alle waren ihm gegenüber loyal und entschlossen, ihr Bestes zu geben.

Mit diesem tröstenden Gedanken nahm Geordi sein VISOR ab und entspannte sich in der völligen Dunkelheit. Kurz darauf schlief er ein.

Geordi wurde von einem seltsamen Piepen geweckt, und es dauerte einen Augenblick, bis ihm klar wurde, daß es sich um seinen Kommunikator handelte. Er setzte sich auf und berührte das Gerät.

»Hier LaForge.« Er griff nach seinem VISOR.

»Hier Pantano«, sagte die vertraute Stimme. »Wir haben das Los entscheiden lassen. Ihr Team spielt heute morgen gegen die rote Mannschaft. Sie haben eine Stunde, um zu essen und sich vorzubereiten, dann werden wir Sie auf das Schiff beamen. Von hier aus werden wir Sie direkt auf das Spielfeld transportieren.«

»Verstanden, Sir!« erwiderte Geordi.

»Viel Glück. Pantano Ende.«

Geordi weckte seine Mannschaftsgefährten. »Frühstückt ausgiebig«, sagte er zu ihnen. »In einer Stunde geht es los.«

»Ich weiß nicht, ob überhaupt noch etwas zu essen übrig ist«, murmelte Kareem. »Ich glaube, Altos und Zemusta haben alles aufgegessen.«

Aber es waren noch genug Päckchen mit Rührei und auch mit Kaffee vorhanden. Niemand sagte etwas, während sie aßen. Ihnen war gerade erst so richtig klargeworden, was sich gleich ereignen würde. Sie würden im Wettkampf gegen andere Kadetten antreten. Der Umstand, daß ihnen keine Waffen zur Verfügung standen, machte die Sache nicht weniger ernst. Was würde die Akademie von den Verlierern halten? Welche Belohnungen würde es für die Gewinner geben?

Wenigstens herrscht gutes Wetter, dachte Geordi. Ein sonniger, wenn auch etwas kühler Tag. Wolken waren nicht in Sicht. Angesichts der spärlichen Vegetation konnte man nicht davon ausgehen, daß es auf Saffair oft regnete. Nach dem Frühstück übten sie das Springen, Laufen und Landen – bis der Ruf kam.

»Wir beamen Sie hinauf«, sagte Lieutenant Pantano.

»Ja, Sir«, antwortete Geordi. Er stand mit seinen Mannschaftsgefährten starr da, bis sie dematerialisiert waren.

Als sie den Transporterraum an Bord der *Glenn* erreichten, stellte Geordi überrascht fest, daß sich Kadett Swan und ihr rotes Team schon dort befanden. Sidra Swan war eine anmaßende junge Frau, die mehrere Zentimeter größer als Geordi war. An dem Grinsen auf ihrem Gesicht erkannte er, daß sie das grüne Team für kein großes Problem hielt.

Geordi betrachtete seine Kameraden. Abgesehen von T'Lara wirkten sie eher verängstigt als übermäßig zuversichtlich. Die Vulkanierin wirkte lediglich aufmerksam.

Lieutenant Pantano deutete auf zwei gleichgroße Flaggen. Die eine war rot, die andere grün. Sie reichte sie den jeweiligen Mannschaftsführern.

»Die Flaggen müssen innerhalb von drei Minuten nach Ihrer Ankunft so aufgestellt werden, daß sie deutlich zu sehen sind«, erklärte sie ihnen. »Danach können sie nicht mehr versetzt werden. Die Grenzen des Spielfelds sind eindeutig durch weiße Pfosten markiert. Wenn sie das Spielfeld verlassen oder die Flagge bewegen, werden Sie disqualifiziert.

Während des Spielverlaufs werden viele von Ihnen ausscheiden. Da es beim Hinaufbeamen eine kleine

Verzögerung gibt, sind gleichzeitige Treffer nicht ungewöhnlich. Wenn Sie gefangengenommen werden, werden Sie in diesen Raum transportiert. Gehen Sie einfach den Korridor zum Hörsaal entlang, und Sie können den Rest des Spiels auf den Bildschirmen verfolgen.«

Sie lächelte. »Wir haben Limonade für Sie kaltgestellt. Es wird auch ein Sanitäter anwesend sein, der Ihre Prellungen versorgen kann. Aber bedenken Sie – das ist kein Krieg, sondern nur ein Spiel. Gehen Sie nicht übermäßig grob vor. Eine leichte Berührung des Coupmeters genügt, um den Gegner hochzubeamen.«

Die Pantano sah auf ihren Minicomputer. »Das Los hat entschieden, daß das rote Team zuerst hinabgebeamt wird. Aber es bekommt dadurch nur ein paar Sekunden Vorsprung. Bevor Sie aufbrechen, möchte ich, daß beide Teams sich die Hände schütteln.«

Halbherzig taten sie wie geheißen. Keiner der Spieler lächelte.

»Rotes Team, gehen Sie zum Transporter.«

Geordi fühlte, daß seine Handflächen schweißnaß wurden, als er sah, wie Kadett Swan und das rote Team von der Transporterfläche verschwanden. Sein Herz hämmerte, als er auf das Gerät trat. Jenna lächelte ihm ermutigend zu, doch er sah, daß sie die Hände zu Fäusten geballt hatte.

»Koordinaten eingegeben«, sagte der Transporter-Techniker.

Lieutenant Pantano nickte. »Energie.«

6

Geordi materialisierte in einer nervösen Hockstellung. Augenblicklich sah er sich nach einer hohen Felsformation um, auf der sie die Flagge anbringen konnten. Dieser Teil von Saffair ähnelte der Gegend, in der sie gelagert hatten – abgesehen von den weißen Grenzmarkierungen, die in einiger Ferne hinter ihnen im Boden steckten.

»Sammelt Schlingpflanzen!« befahl Jenna den anderen.

Kareem packte eine lange Pflanze und zog mehrere Meter von ihr aus dem grünlichen Boden. Die letzten paar Zentimeter bekam er jedoch nicht heraus.

»Wir haben keine Messer«, beschwerte er sich. »Wie sollen wir die Pflanzen durchtrennen?«

»Kein Problem«, antwortete Vernok. Der kleine Saurianer bückte sich und trennte die Pflanze mit seinem schnabelähnlichen Mund durch.

Altos setzte brutale Kraft ein, um die Schlingpflanzen aus dem Boden zu zerren. Zemusta, Megan und Jenna sammelten sie ein, rissen die Blätter ab und banden sie zusammen.

»Nehmt die dickeren für den Rahmen«, sagte Jenna, »und die dünneren für das Netzwerk.«

T'Lara klopfte Geordi auf die Schulter und zeigte in die Ferne. »Captain«, sagte sie, »ich glaube, das wäre eine akzeptable Verteidigungsposition.«

Geordi schaute in die betreffende Richtung und machte dort eine verwitterte Erhebung aus. Der grüne Fels sah aus wie ein riesiger Kringel, den man zu lange draußen liegengelassen hatte.

»Das ist weit entfernt«, sagte Geordi. »Wir haben nur noch eine Minute oder so. Kannst du ihn erreichen?«

»Ja«, sagte T'Lara. Sie nahm ihm die Flagge aus der Hand und lief wie eine grazile Gazelle los. In weniger als einer Minute hatte sie den Gipfel des Felsens erreicht und die Flagge aufgestellt.

Die anderen jubelten, und Geordi hatte den Eindruck, das Herz wolle ihm aus der Brust springen. »Na schön«, sagte er. »Einige von uns sollten hinübergehen, um sie verteidigen zu können.«

»Altos, du nimmst die höchste Position ein«, sagte Jenna. »Megan, du mußt aus der Sonne raus, also suche dir eine Spalte, in der du dich verstecken kannst. Die anderen von uns werden noch ein paar Schlingpflanzen sammeln und euch dann sofort folgen.«

Der Andorianer und die Albina liefen zu dem kringelförmigen Felsen. Geordis Kommunikator piepte.

»LaForge«, meldete er sich.

»Hier T'Lara«, kam die Antwort. »Wir sind nah genug, um Sichtkontakt halten und den Kommunikator benutzen zu können. Ich schlage vor, daß wir in das feindliche Gebiet eindringen.«

Geordi atmete tief durch. »Einverstanden.« Er mochte zwar das Kommando haben, aber es war schön, über Leute zu verfügen, die ihm gute Ratschläge gaben.

Jenna lächelte. »Wir wissen, was wir zu tun haben,

Captain. Wir werden bis zum letzten Kadetten kämpfen. Suche du einfach nur ihre Flagge und sag uns dann, was wir tun sollen.«

»Ist das alles?« fragte Geordi. Er bemühte sich, nicht allzu überwältigt dreinzuschauen. Er warf einen letzten Blick auf seine zusammengewürfelte Truppe und verspürte einen Anflug von Stolz. Sie waren nicht besonders attraktiv oder eindrucksvoll, aber sie wollten gewinnen.

»Es ist keine Schande, gefangengenommen zu werden«, sagte er zu ihnen. »Gebt einfach euer Bestes.«

»Jawohl, Sir!« kam die eifrige Antwort.

Geordi schaute zu ihrer Flagge und sah, daß Altos und Megan ihre Positionen auf dem Berg eingenommen hatten. Er berührte seinen Kommunikator. »T'Lara, brechen wir auf.«

»Jawohl, Sir«, antwortete sie.

Er sah, daß die Vulkanierin von dem Berg sprang und loslief. Geordi setzte sich ebenfalls in Bewegung und legte mit jedem Schritt mehrere Meter zurück. Es tat gut, endlich aktiv werden zu können, aber er erinnerte sich daran, daß der Gegner nur zwei Kilometer entfernt war. Auf der Erde konnte eine Person mit guter Kondition zwei Kilometer in etwa zehn Minuten zurücklegen. Auf Saffair konnte man diese Entfernung in der Hälfte der Zeit überwinden.

Er blieb stehen und tippte auf den Kommunikator. »Nicht so schnell, T'Lara. Wir wollen nicht, daß sie uns sehen, bevor wir sie sehen.«

»Ja, Sir«, antwortete sie. »Siehst du die an die Oberfläche tretende Felsader vor uns? Sie sieht aus wie ein schiefer Turm.«

»Ja«, sagte Geordi. »Treffen wir uns dort.«

Ein paar Sekunden später kauerten Geordi und T'Lara hinter dem seltsam geformten Felsen nieder. Geordi schätzte, daß sie sich auf der Mitte des Spielfelds befanden. Er konnte in der Ferne gerade eben noch die Grenzmarkierungen ausmachen. Bislang war von einem roten Hemd noch nichts zu sehen.

Es ging kein Wind, kein Geräusch war zu vernehmen. Es war unheimlich – als wären er und die Vulkanierin ganz allein auf dem Planeten.

»Das ist eine verzwickte Lage«, sagte T'Lara. »Wie sollen wir ihre Flagge finden, ohne gesehen zu werden?«

Geordi lächelte. »Wir haben eine Geheimwaffe. Ich gehe davon aus, daß die meisten von ihnen sich um ihre Flagge geschart haben werden, genau, wie wir es getan haben. Ich werde das VISOR so einstellen, daß es nach Konzentrationen von Körperwärme sucht.«

»Wie stellst du es ein?« fragte sie.

»Normalerweise in meinem Kopf«, erwiderte Geordi. »Es kommen eine Million Impulse herein – ich muß mich nur entscheiden, auf welche ich besonders achte.«

Geordi konzentrierte sich und suchte den kargen Horizont ab. Er hielt nach einem verräterischen Dunst zusätzlicher Wärme Ausschau, die von mehreren warmblütigen, dicht beieinanderstehenden Geschöpfen stammen konnte. Schließlich fand er ihn.

Er zeigte aufgeregt in die Richtung. »Dort! Oh, tut mir leid, du kannst es ja nicht sehen, aber hinter dieser Geröllhalde befinden sich eindeutig mehrere Wärmequellen. Ich glaube, dort haben sie ihre Flagge aufgestellt.«

»Sie ist aber nicht deutlich zu sehen«, sagte T'Lara.

»Na ja, vielleicht schon, wenn man auf der anderen Seite der Felsen steht. Auf jeden Fall gibt es dort drüben eine starke Wärmekonzentration.«

»Wir müssen näher heran, um es zu bestätigen«, sagte die Vulkanierin.

»Ja«, murmelte Geordi. »Sie wissen, daß ich das VISOR habe, und es könnte sich nur um einen Köder handeln. Hier wird mit harten Bandagen gespielt.«

»Es liegt nicht im Sinne von Starfleet, es uns zu leicht zu machen«, sagte T'Lara.

Geordi seufzte. »Na schön, gehen wir. Wenn sie uns entdecken, fliehen wir gemeinsam. Weg von unserer Flagge. Wir wollen sie nicht dorthin führen.«

Die Vulkanierin nickte. »Verstanden.«

Die Geröllhalde erinnerte an einen riesigen Steingarten. Grünliche Klumpen traten in unregelmäßigen Abständen an die Oberfläche. Als Geordi und T'Lara näher kamen, stellte er bestürzt fest, daß die Geröllblöcke ziemlich groß waren, etwa zwei Meter. Hinter den meisten von ihnen konnte man sich bequem verstecken. Das rote Team hatte seine Flagge zwar nicht so hoch wie möglich angebracht, aber trotzdem einen guten, leicht zu verteidigenden Ort ausgewählt.

Er bedeutete T'Lara stehenzubleiben. »Ich muß die anderen informieren.« Er tippte auf seinen Kommunikator. »LaForge an Pico. Bitte melden, Jenna.«

»Ich höre. Habt ihr sie schon gefunden?«

»Wir vermuten es«, sagte Geordi. »In der nordöstlichen Ecke befindet sich eine weitläufige Geröllhalde. Ich glaube, sie haben sie dort aufgestellt. Aber wir müssen näher heran, um ganz sicher zu gehen.«

»Laßt euch Zeit«, sagte Jenna. »Hier ist von den Rothemden noch nichts zu sehen. Zemusta ist unser vorderster Wachtposten, und er hat hervorragende Augen. Außerdem haben wir unsere Überraschung vorbereitet.«

»Gut«, erwiderte Geordi. »Hoffentlich funktioniert sie. LaForge Ende.«

Jetzt mußten sie auf weite Schritte und große Sprünge verzichten. Geordi und T'Lara krochen durch die Geröllhalde vorwärts. Schließlich erhaschten sie den ersten Blick auf ein Rothemd, das in einiger Entfernung auf einen Felsen sprang. Geordi und T'Lara warfen sich flach zu Boden und rührten sich nicht.

Erst jetzt wurde Geordi klar, daß er rein zufällig eine weitere gute Entscheidung getroffen hatte. Ihre grünen Monturen verschmolzen mit dem Erdboden besser als die der anderen Teams.

Sie blieben mehrere Sekunden lang liegen und warteten ab, ob sie entdeckt worden waren.

»Bitte um Erlaubnis, einen Ratschlag zu geben«, flüsterte T'Lara.

»Gewährt«, sagte Geordi dankbar.

»Ich bin sehr flink. Ich möchte dort hinauf laufen und feststellen, ob sich ihre Flagge dort befindet.«

»Man wird dich sehen«, flüsterte Geordi.

»Ich weiß. Aber es ist unwahrscheinlich, daß wir uns heranschleichen können, ohne entdeckt zu werden. Sie haben sich offensichtlich für eine Verteidigungsstrategie entschieden.«

Ja, dachte Geordi, sie wollen nicht gegen das Team der Exzentriker verlieren.

»Wir gehen zusammen«, sagte er. »Vier Augen sehen mehr als zwei.«

T'Lara nickte. Sie erhoben sich und liefen los. Es hatte keinen Sinn mehr, sich zu verstecken – sie wollten sehen, was es zu sehen gab, und wieder verschwinden. Geordi staunte darüber, wie sie diese beträchtliche Entfernung in nur wenigen Sekunden zurücklegten. Sie sprangen über die letzten Felsen und landeten fast mitten im Lager des roten Teams.

Sidra Swan sprang mit einem schockierten Gesichtsausdruck auf. »He!« rief sie.

Mehrere Mitglieder des roten Teams scharten sich um ihre Flagge, die in den Boden gerammt war. Ein Kadett griff nach ihr, als wolle er sie in Sicherheit bringen, und hielt dann abrupt inne; offenbar waren ihm die Regeln wieder eingefallen. Die anderen starrten T'Lara und Geordi einfach nur an.

»Hallo.« Geordi winkte.

»Stevens und Mirayo«, rief Swan, »ihnen nach!«

Nun liefen Geordi und T'Lara um ihr Leben. Sie sprangen wie Känguruhs über die Felsen und Büsche. Nach ein paar Sekunden hatte T'Lara mehrere Meter Vorsprung gewonnen. Er drehte sich um und mußte feststellen, daß die beiden Rothemden dicht hinter ihm waren. Sie liefen mit mächtigen Schritten und holten langsam auf.

Was für ein Trottel du doch bist! verfluchte Geordi sich selbst. *Du wirst als erster gefangengenommen werden!*

Eine Minute später hatten sie die zerklüftete Ebene erreicht. T'Lara war weit voraus, Geordi etwa fünfzig Meter hinter ihr, und die beiden Rothemden holten noch immer auf. Er sah, daß T'Lara auf einen der seltsamen, bogenförmigen Geröllblöcke zusteuerte. Vielleicht, dachte Geordi, will sie dort eine Verteidigungsposition einnehmen. Natürlich, sie sprang den Felsen halb hinauf und verschwand außer Sicht.

Warum bleibst du stehen? dachte Geordi. *Lauf weiter – du kannst sie abhängen!*

Der Kommunikator piepte. Er berührte ihn, war jedoch so außer Atem, daß er nichts sagen, nur keuchen konnte.

»T'Lara hier«, erklang eine Stimme. »Locke sie unter den Bogen. Ich werde mich dann um sie kümmern.«

»Du kannst … dich nicht … opfern …«, keuchte er.

»Ich kann es«, antwortete sie. »Wenn du sie unter den Bogen führst, weiß ich, daß dies dein Wunsch ist. T'Lara Ende.«

Selbst bei der Hälfte seines normalen Gewichts hämmerte Geordis Herz heftig, und seine Beine wurden allmählich wacklig. Er hatte die Wahl: Er konnte unter den bogenförmigen Felsen laufen und sich retten. Oder sich gefangennehmen lassen und T'Lara retten.

Was hatte sie gesagt? *Die Bedürfnisse vieler sind wichtiger als das Bedürfnis des einzelnen.*

Sich noch immer wegen seiner Dummheit verfluchend, lief er zu dem Felsen. Er war der Anführer. Ob nun zu Recht oder Unrecht, sein Team verließ sich auf ihn. Er lief sogar etwas langsamer, um sicherzustellen, daß die Rothemden ihm unter den Felsen folgen würden.

Geordi konnte T'Lara nicht ausmachen, als er unter

dem Felsbogen hindurchlief – sie hatte sich zu gut versteckt. Er wollte stehenbleiben und ihr bei ihrem Kampf helfen, wußte jedoch, daß ihr Hinterhalt vom Überraschungsmoment abhängig war. Er hatte seinen Verfolgern gegenüber etwa vierzig Meter Vorsprung und blieb stehen, als er den Felsen so weit hinter sich gelassen hatte. Er fiel auf die Knie und rang nach Luft.

Er sah, wie T'Lara von dem Felsen sprang und ein Rothemd völlig überraschte. Der Kadett verschwand wie ein Geist. Der andere griff sie an, und sie rangen miteinander. Kurz darauf waren beide verschwunden.

Ein gleichzeitiger Treffer.

Geordi ließ sich auf den Rücken fallen und atmete einen Augenblick lang tief durch. Niemand war mehr hinter ihm her, und er wußte, wo ihre Flagge war. Ihre Mission war wohl ein Erfolg gewesen.

Aber er vermißte T'Lara.

Sein Kommunikator piepte. »Hier LaForge«, antwortete er.

»Captain, hier Zemusta. Sie bereiten einen Großangriff vor. Ich zähle fünf von ihnen. Sie kommen schnell näher! Ich ziehe mich zu unserem Standort zurück. Ende.«

Mann! dachte Geordi. Nachdem das rote Team überrascht worden war, wollte Swan anscheinend kein Risiko mehr eingehen und hatte es auf eine schnelle Entscheidung angelegt. Da die grüne Flagge hoch oben auf einem bogenförmigen Felsen stand, war sie nicht schwer auszumachen gewesen.

Geordi war hin und her gerissen, was er nun tun

sollte. Nach der langen Verfolgungsjagd war er der grünen Flagge wahrscheinlich viel näher als der roten. Sollte er umkehren, um bei der Verteidigung zu helfen? Sechs Verteidigern standen fünf Angreifern gegenüber – fast ein ausgeglichener Kampf. Wenn man die beiden berücksichtigte, die T'Lara ausgeschaltet hatte, blieb noch ein Rothemd übrig, das seine Flagge bewachte.

Geordi hielt es nicht mehr aus – er mußte einfach sehen, wie seine Verteidiger sich schlugen. Wenn der Angriff der Rothemden erfolgreich war, würde er es nicht mehr schaffen, rechtzeitig zur roten Flagge zurückzukehren. Er lief an den Grenzmarkierungen entlang, bis er in der Ferne den riesigen Kringel sehen konnte.

Der Kampf war in vollem Gang. Rothemden kletterten wie Ameisen den Felsen hinauf. Aber dann sah er, wie die kleinen Verteidiger aus ihren Verstecken sprangen und Netze warfen. Es funktionierte nicht jedesmal, aber zumindest einige Angreifer fielen zu Boden und zappelten in dem Maschenwerk. Sie waren eine leichte Beute für Jenna, Kareem und die anderen.

Dann wurde Jenna gefangengenommen. Megan verschwand. Kareem löste sich auf. Zwei Rothemden waren übrig, und sie zogen sich zurück, um sich neu zu gruppieren. Geordi sah Altos, der auf dem Gipfel des Felsens vor ihrer Flagge stand. Das letzte Hindernis. Er hörte Zemusta, der johlend lachte und das rote Team verspottete. Er sah Vernok, der den Felsen hinaufkletterte.

Dann sah Geordi etwas anderes. Ein weiteres Rot-

hemd lief über die Ebene, um gemeinsam mit seinen Gefährten den letzten Angriff durchzuführen.

Ihre Flagge wurde nicht mehr bewacht!

Geordi drückte auf seinen Kommunikator. »La-Forge an Altos. Ihr müßt sie aufhalten! Ihre Flagge ist unbewacht. Ich werde sie mir holen!«

»Aye, Captain!« kam die Antwort. »Bevor sie unsere Flagge kriegen, müssen sie mich erst mal ausschalten!«

Geordi lief noch schneller über die Ebene als gerade eben, als er verfolgt worden war. Mit jedem Schritt legte er eine beträchtliche Entfernung zurück.

Dann konnte er die Geröllhalde ausmachen und mit jedem schmerzhaften Atemzug, den er tat, den Sieg riechen.

Dann piepte sein Kommunikator. »Altos an La-Forge. Beeile dich lieber. Nur noch ich und einer von ihnen sind übrig!«

Geordi tat wie geheißen. Er sprang über Felsen, als wären ihm Dämonen auf den Fersen. Einmal landete er ungeschickt und fiel auf den Rücken, doch er rappelte sich sofort wieder auf und lief weiter. Als er schließlich die unbewachte rote Flagge sah, kam sie ihm so schön vor, daß er sie zuerst für eine Luftspiegelung hielt. Er sprang wie ein Verrückter über die Felsen.

Er machte einen Satz über die letzten paar Meter und packte die Flagge. Dann schlug er auf seinen Kommunikator und rief: »Ich habe sie!«

Mühsames Atmen antwortete ihm. Schließlich erwiderte Altos' tiefe Stimme: »Kein Problem, Captain. Nur wir beide sind noch übrig.«

7

Sidra Swan gab Geordi die Hand, lächelte aber nicht. »Gutes Spiel«, murmelte sie.

»Es war knapp«, erwiderte er. »Ihr hättet fast gewonnen.«

Sie runzelte die Stirn. »Wir hätten gewonnen, wären diese verdammten Netze nicht gewesen. Dieser verrückte Saurianer hat mich so fest verschnürt, daß ich mich nicht mehr bewegen konnte.«

»Tut mir leid«, sagte Geordi.

Endlich brachte Sidra ein Lächeln zustande. »Die Netze waren eine hervorragende Strategie, besonders, da ihr eure Flagge so hoch oben aufgestellt habt. Es war frustrierend, sie zu sehen, aber nicht an sie heranzukommen. Was hältst du von dem Spiel?«

Geordi schüttelte den Kopf. »Für mich blieb das Ganze ziemlich verschwommen. Ich kam nie nah genug an einen Gegner heran, um einen Treffer befürchten zu müssen. Die Entscheidungsschlacht habe ich aus der Ferne beobachtet. Ich bin nur von einem Ende des Spielfelds zum anderen gelaufen.«

»Aber ihr habt gewonnen«, sagte Sidra. »Und nur das ist wichtig.« Sie schaute sich in dem Hörsaal um. »Sie sehen nicht danach aus, aber du hast ein gutes Team zusammengestellt.«

Geordi betrachtete seine zusammengewürfelte Mannschaft, und Stolz stieg in ihm empor. Jenna,

Megan, T'Lara, Altos, Kareem, Zemusta und Vernok durchlebten das Spiel erneut, während sie sich eifrig mit Mitgliedern des roten Teams unterhielten. Wie ihr Captain waren auch die Angehörigen der roten Mannschaft verdrossen, doch sie hatten jeden Grund, stolz zu sein, dachte Geordi. Jeder einzelne von ihnen war kämpfend untergegangen.

In der Tat waren bis auf ihn und Altos alle Spieler gefangengenommen und auf die *Glenn* gebeamt worden. Sie alle hatten einen harten Kampf geboten. Einen härteren als er.

Trotzdem, erinnerte Geordi sich, war ich am Ende der einzige, der die feindliche Flagge in der Hand hielt.

Er nippte an seiner Limonade. Jetzt war es vorbei, und sie konnten sich entspannen. Als besondere Belohnung hatte Lieutenant Pantano ihnen erlaubt, das Spiel zwischen dem blauen und dem goldenen Team auf den Bildschirmen zu verfolgen. Geordi freute sich darauf, denn er hatte wirklich das Gefühl, den Großteil der Kampfhandlung verpaßt zu haben.

Drei Wandbildschirme erhellten sich, und im Hörsaal wurde es still. Das Spiel hatte begonnen. Ein Bildschirm zeigte das goldene Team, das einen Ort suchte, an dem es seine Flagge aufstellen konnte. Der andere zeigte die blaue Mannschaft, die gerade hinabgebeamt wurde. Der mittlere Bildschirm zeigte die leere Mitte des Spielfelds.

Emma Pantano betrat den Raum und nahm Platz. »Setzen Sie sich«, sagte sie zu den Kadetten. »Sie werden an diesem Spiel wohl mehr Gefallen finden als an dem, das Sie gerade hinter sich gebracht haben. Für den Fall, daß Sie sich Gedanken darüber machen – ich werde diesen beiden Mannschaften heute abend Gelegenheit geben, sich Ihre Partie anzusehen.«

Sie lächelte. »Morgen wird jeder wissen, wie man ein Netz knüpft.«

Geordi nahm in einer leeren Reihe Platz. Sekunden später setzten Jenna sich links und T'Lara rechts neben ihn. Er lächelte Jenna an, die zurückgrinste. T'Lara war zu sehr damit beschäftigt, die Bildschirme zu beobachten, um ihn anzusehen. *Das sind wirklich meine Lieutenants,* dachte Geordi. *Meine linke und meine rechte Hand.*

»Was tun sie da?« flüsterte Jenna und zeigte auf das goldene Team.

Mit seinem blonden Haarschopf war Jack Pettey leicht auszumachen, während er über ein paar große Felsen sprang und vor einer weißen Grenzmarkierung in einer Ecke des Spielfelds aufkam. Er rammte die goldene Flagge direkt vor der Markierung in den Boden.

»Clever«, sagte T'Lara. »Es gibt nur eine Möglichkeit, sich der Flagge zu nähern – frontal. Wenn die Angreifer nicht achtgeben, riskieren sie es, das Spielfeld zu verlassen und disqualifiziert zu werden. Außerdem muß das blaue Team die größtmögliche Entfernung zurücklegen, um die goldene Flagge zu erreichen.«

Geordi richtete seine Aufmerksamkeit auf das blaue Team auf dem anderen Bildschirm. Einer von ihnen mußte ebenfalls mit dem alten Boothby gesprochen haben, denn sie stellten ihre Flagge auf einer hohen Kalksteinformation auf. Aber sie war nicht so hoch und auch nicht so leicht zu verteidigen wie der bogenförmige Felsen, den T'Lara ausgesucht hatte.

Kareem beugte sich über Geordis Schulter. »Ich setzte zwei zu eins auf das blaue Team«, flüsterte er. »Hält jemand dagegen?«

Geordi schüttelte den Kopf. Niemand wollte gegen das goldene Team wetten. Es schien bereits die Oberhand gewonnen zu haben. Pettey hatte seine drei größten Spieler in der Nähe der Flagge postiert, um sie zu schützen. Wenn man berücksichtigte, daß es nur eine Richtung gab, aus der man sich der Flagge nähern konnte, würde das wahrscheinlich genügen.

Von Pettey persönlich angeführt, schwärmten die anderen aus und begannen mit einer entschlossenen Suche nach der blauen Flagge. Geordi stellte fest, daß das blaue Team wertvolle Zeit mit einer Diskussion verschwendete. Genau wie die rote Mannschaft es getan hatte. In Anbetracht dessen, daß jedes Team die gesamte vergangene Nacht zur Verfügung gehabt hatte, um eine Strategie zu planen, war dies völlig töricht.

Schließlich schickte der Captain des blauen Teams, Mike Takama, drei seiner Mannschaftskameraden los, die goldene Flagge zu suchen. Natürlich konnte er nicht wissen, daß sie fünf gegnerischen Spielern begegnen würden. Die Goldhemden liefen, so schnell sie konnten, und legten mit jedem Schritt mehrere Meter zurück. Die Aufmerksamkeit der Zuschauer richtete sich auf den mittleren Bildschirm, auf dem der große Kampf gezeigt werden würde.

In ihrer Aufregung ergriff Jenna Geordis Arm. Er lächelte sie an. »Bist du nervös?«

»Tut mir leid«, sagte sie. »Ich mußte daran denken, wie es war, als das rote Team uns angriff. Ich glaube, ich hatte noch nie mehr Angst gehabt.«

»Aber wir haben sie geschlagen«, erinnerte Geordi sie.

»Ja«, sagte sie. »Es geht doch nichts über einen Überraschungseffekt. Aber die werden wir beim nächsten Mal nicht mehr auf unserer Seite haben.«

Nein, dachte Geordi verdrossen. *Die Überraschung ist eine Waffe, die man nur einmal einsetzen kann.* Das rote Team war übermäßig zuversichtlich gewesen, überzeugt, daß man einen zusammengewürfelten Haufen von Außenseitern allein mit brutaler Kraft besiegen konnte. Morgen würden sie um den Gesamtsieg spielen, und die gegnerische Mannschaft würde das grüne Team nicht mehr auf die leichte Schulter nehmen.

Auf der dürren Ebene liefen die beiden feindlichen Gruppen bei der halben Schwerkraft so schnell, daß sie fast zusammengestoßen wären. Ein wütender Kampf entbrannte. Die blauen Spieler waren drei zu fünf in der Unterzahl, standen jedoch enger zusammen. Petteys fünf Angreifer waren weit ausgeschwärmt. Die blauen Angreifer kreisten einen goldenen Spieler ein, trafen seinen Coupmeter und schickten seine gebündelten Moleküle auf die *Glenn.*

Aber die anderen goldenen Spieler rotteten sich schnell zusammen und fielen über sie her. Pettey schrie wie eine Todesfee, als er über einen Felsen sprang und einen blauen Spieler anrempelte. Er warf das Blauhemd auf den Rücken und schlug auf dessen Brust. Und der Kadett war verschwunden.

Ein weiterer blauer Spieler kämpfte tapfer und schaffte einen gleichzeitigen Treffer, womit er einen goldenen Spieler an Bord der *Glenn* mitnahm. Der dritte lief um sein Leben und wurde kurz darauf von zwei Goldhemden zur Strecke gebracht. Er verschwand in einem funkelnden Energiewirbel.

Geordi schaute zur Tür des Hörsaals. Drei Mitglieder des blauen und zwei des goldenen Teams kamen herein. Sie wirkten benommen und erniedrigt. Geordi wußte noch nicht, wie man sich fühlte, wenn man gefangengenommen worden war. Ihren Gesichtern nach zu urteilen, war es kein besonders gutes Gefühl.

»Wie wäre es mit einer Wette vier zu eins?« fragte Kareem.

Niemand wollte sie akzeptieren. Einschließlich Pettey waren noch drei Mitglieder seiner Angreiftruppe übrig. Sie bewegten sich vorsichtig weiter und bemühten sich, nicht entdeckt zu werden.

Auf dem anderen Bildschirm war das blaue Team in heilloser Unordnung. Takama versuchte, mit seinen drei Spähern Kontakt aufzunehmen, doch schon bald wurde offensichtlich, daß sie nicht mehr im Spiel waren. Im Gegensatz zu den Beobachtern im Hörsaal wußte er natürlich nicht, was aus ihnen geworden war, bis sie verschwunden waren.

Er wandte sich an einen stämmigen Delosioaner. »Schlage einen großen Bogen«, sagte er zu ihm. »Gehe nicht durch die Mitte. Suche nach ihrer Flagge. Wenn du sie findest, versuchst du, sie zu erobern.«

»Das ist ein Fehler«, flüsterte T'Lara Geordi zu. »Er

muß doch begreifen, daß er jetzt einen Verteidigungskampf führt. Es ist unlogisch, einen seiner besten Spieler zu verschwenden.«

Jenna war anderer Meinung. »Ja, aber er muß herausfinden, was los ist. Wie wir festgestellt haben, ist nur ein Spieler nötig, um eine Flagge zu erobern.«

»Das stimmt«, sagte T'Lara. »Aber nur, wenn sie nicht verteidigt wird.«

»Vielleicht schafft das blaue Team es ja doch noch«, sagte Geordi. »Es hat nur einen Spieler weniger.«

T'Lara nickte. »Auch das ist richtig. Aber das blaue Team ist strategisch unausgeglichen. Sie haben einen Angreifer und vier Verteidiger. Im Gegensatz dazu ist das goldene Team ausgeglichen. Es hat drei Verteidiger und drei Angreifer und ist damit auf jede Eventualität vorbereitet.«

Geordi seufzte und sank tiefer in seinen Sessel. Einerseits wollte er gegen das goldene Team um den Gesamtsieg spielen, andererseits wieder nicht. Er war erstaunt darüber, wie sehr diese Partie sich von der unterschied, die sie erst vor einer Stunde ausgetragen hatten.

Da die blaue Flagge hoch oben aufgestellt worden war, hatten Pettey und seine beiden Mannschaftskameraden keine Schwierigkeiten, sie zu finden. Geordi war der Ansicht, daß Takama die blauen Verteidiger hervorragend postiert hatte. Sie warteten auf verschiedenen Ebenen der Kalksteinformation. Der stämmige Asiat stand ganz oben und bewachte die Flagge persönlich.

»Sie können keinen Frontalangriff wagen«, sagte Jenna. »Was hat Pettey vor?«

»Ein direkter Versuch wäre zu riskant«, pflichtete T'Lara ihr bei. »Er könnte seinen Vorteil verlieren.«

»Sein größter Vorteil ist«, fügte Kareem hinzu, »daß er den Ausgang des letzten Kampfes kennt und Takama nicht. Die Stärke des Feindes zu kennen, ist wirklich ein großer Vorteil, vor allem, wenn der Feind über sein eigenes Potential nicht Bescheid weiß.«

Pettey kauerte sich mit seinen Teamgefährten hinter einen Felsen und besprach die Lage. Geordi beugte sich vor, um die Tonaufzeichnung besser verstehen zu können.

»Greifen wir sie an!« sagte einer der Goldhemden. »Wir können sie besiegen!«

»Nicht so schnell«, antwortete Pettey. »Wenn man nicht in der Überzahl ist, sollte man kein höheres Gelände angreifen. Ich zähle vier von ihnen, also müssen sie einen losgeschickt haben, unsere Flagge zu suchen. Darüber mache ich mir keine Sorgen. Aber wenn sie nur einen losgeschickt haben, glauben sie vielleicht, wir hätten dasselbe getan.«

»Na und?« fragte einer seiner Mannschaftsgefährten. »Was kann uns das nützen?«

Pettey lächelte. »Du bist doch bereit, dich für das Wohl der Sache zu opfern, oder? Ich will, daß du da hinaufläufst und so tust, als würdest du sie allein angreifen. Schrei sie an, wirf mit Steinen nach ihnen – mir egal, wie du es machst. Aber bringe sie dazu, dich zu verfolgen.«

Geordi spitzte die Ohren. Pettey befahl seinem Teamkollegen, wozu T'Lara sich freiwillig bereit erklärt hatte. Geordi wurde klar, daß er von Glück reden konnte, die junge Vulkanierin in seiner Mannschaft zu haben.

Pettey grinste. »Wenn du zwei dazu bringen kannst, dich zu verfolgen«, sagte er, »ist der Kampf für Pete und mich ausgeglichen. Zwei gegen zwei. Wenn einer von uns einen Treffer landen kann, haben wir gewonnen. Ich bin bereit, dieses Risiko einzugehen.«

Geordi hörte, wie Kareem hinter ihm murmelte: »Ja, er ist der einzige, der bereit ist, jedes Risiko einzugehen.«

T'Lara tippte Geordi auf die Schulter. »Da drüben«, sagte sie und zeigte auf den rechten Bildschirm.

Die goldenen Verteidiger hatten das einsame Blauhemd entdeckt, das sich an sie heranschleichen wollte. Zwei von ihnen nahmen die Verfolgung auf. Geordi beobachtete die Jagd und mußte daran denken, wie er auf ähnliche Art und Weise gehetzt worden war. Es war keine angenehme Erfahrung gewesen. Wäre T'Lara nicht gewesen, wäre er als erster gefangengenommen worden.

Nach vielleicht einer Minute gaben die Goldhemden die Hatz auf und kehrten zu ihrer Flagge zurück. So lange es drei gegen einen hieß, hatten sie keinen Angriff zu befürchten. Das Blauhemd fiel zu Boden und rang nach Atem.

Geordi richtete seine Aufmerksamkeit auf den anderen Bildschirm, auf dem sich eine ähnliche Szene abspielte, nur mit umgekehrten Vorzeichen. Dort lief ein einzelner goldener Spieler vor den blauen Verteidigern auf und ab und verhöhnte sie.

»He!« rief er. »Ihr seid gar keine so harten Burschen! Wir haben alle Spieler ausgeschaltet, die ihr bislang losgeschickt habt!«

»Wenn du ein so toller Hecht bist«, antwortete Takama, »komm doch hier rauf!«

»Habt ihr Angst vor mir?« rief das Goldhemd. »Obwohl es vier gegen einen heißt?«

Jenna ergriff erneut Geordis Arm. »Sie fallen nicht drauf rein.«

Dann beging Takama den entscheidenden Fehler. Er sprang von der Kalksteinformation hinab und machte sich selbst an die Verfolgung des Eindringlings. Einer seiner Mannschaftsgefährten eilte zu seiner Unterstützung, und die Flagge wurde nur noch von zwei Blauhemden bewacht.

Zwei goldene Angreifer tauchten wie aus dem Nichts auf und kletterten den Felsen zur blauen Flagge hinauf. Ein blauer Verteidiger warf sich auf einen der Angreifer, und sie prallten hart zu Boden. Beide verschwanden in einer Wolke aus wirbelnden Lichtern.

Damit stand Jack Pettey allein einem Verteidiger gegenüber, der viel kleiner war als er. Pettey grinste, als er langsam auf ihn zu ging.

Das Blauhemd hämmerte auf seinen Kommunikator. »Hilfe! Hilfe!« rief es.

Takama kam zurückgelaufen, doch es war zu spät. Pettey sprang den Hang hinauf und schlug so hart auf den Coupmeter des Verteidigers, daß dieser von dem Felsen stürzte. Zum Glück verschwand er, bevor er auf dem Boden aufschlug.

Geordi ließ sich in seinen Sessel zurückfallen. Sein Herz hämmerte, und sein Mund stand offen. *Dieser Bursche ist kein Mensch – er ist ein Tier!*

Pettey schritt stolz zur Flagge und ergriff sie, als wäre sie eine Trophäe.

»Ja!« rief er.

Ein Summton erklang, und die Bildschirme wurden dunkel.

Lieutenant Pantano erhob sich. »Hmm«, sagte sie, »ein ziemlich einseitiger Sieg. Alles in allem war es aber ein interessanter Tag. Ihre Vorräte wurden ergänzt, Sie können also in Ihre Lager zurückkehren. Das Meisterschaftsspiel zwischen dem grünen und dem goldenen Team wird morgen vormittag stattfinden, das Spiel um den dritten Platz am Nachmittag. Sie dürfen wegtreten.«

Geordi schluckte und erhob sich langsam. Sie hatten nicht viel Zeit gehabt, ihren Sieg zu genießen, dachte er verdrossen. Er sah Jenna an, und sie schüttelte den Kopf.

»Auf uns wartet viel Arbeit«, sagte sie.

9

Mit einem Stock zog Geordi ein Rechteck auf den kreidigen Boden. Seine Teamgefährten hatten sich um ihn geschart und sahen aufmerksam zu. Lediglich Zemusta fehlte; er hielt für den Fall Wache, daß der Gegner wieder versuchen sollte, Spione zu ihrem Lager zu schicken. Die Sonne ging schnell hinter den Bergen Saffairs unter.

»Das ist das Spielfeld«, sagte er und deutete auf das Rechteck. Er zeichnete je ein X in zwei gegenüberliegende Ecken. »Dort sind die Flaggen. In unserem Spiel fand die große Schlacht in der Nähe unserer Flagge statt. Das ist einfach zu riskant. Hätte Altos nicht den letzten Treffer erzielt, würden wir morgen nicht um den ersten, sondern um den dritten Platz spielen.«

Er steckte den Stock in die Mitte des Rechtecks. »Hier hat das goldene Team sein Spiel gewonnen – mitten auf dem Spielfeld. Danach hatten sie alle Vorteile auf ihrer Seite und mußten kein Risiko mehr eingehen. Es war nur eine Frage der Zeit. Dort müssen wir morgen gewinnen – in der Mitte.«

»Aber, Captain«, sagte Kareem, »die anderen sind viel größer als wir. Ich glaube nicht, daß wir sie auf offenem Gelände schlagen können, nicht mal mit Netzen.«

Die anderen murmelten zustimmend, doch Geordi

brachte sie mit einer Handbewegung zum Schweigen. »Ich habe auch nicht an einen fairen Kampf gedacht, sondern an einen Hinterhalt.«

Er warf T'Lara einen Blick zu. »Wir hatten es nicht geplant, doch T'Lara und ich haben sie in der Mitte des Spielfelds in einen Hinterhalt gelockt. Es hat hervorragend geklappt. Das rote Team hat zwei Spieler verloren, um einen von uns zu schnappen. Wenn wir noch mal einen so erfolgreichen Hinterhalt legen können, sind wir zahlenmäßig im Vorteil. Danach muß das goldene Team vorsichtiger zu Werke gehen.«

Die Vulkanierin hielt den Kopf schräg. »Mit hoher Wahrscheinlichkeit wird das goldene Team die gleiche Strategie verwenden, die sich heute für sie als erfolgreich erwiesen hat. Sie werden ein paar Leute zur Verteidigung zurücklassen und uns mit der Mehrzahl ihrer Streitmacht angreifen.«

»Genau!« sagte Jenna. »Und sie werden damit rechnen, daß *wir* die Strategie einsetzen, die sich für uns als erfolgreich erwiesen hat. Sie haben die Aufzeichnung von unserem Spiel gesehen und wissen also, daß wir den Großteil unserer Leute zurückgelassen haben, damit sie Netze knüpfen. Sie werden uns nicht in der Mitte des Spielfelds erwarten.«

»Jetzt kommst du allmählich dahinter!« sagte Geordi.

Megan runzelte die Stirn. »Aber wir werden ganz schnell dorthin laufen und uns Verstecke suchen müssen. Dann bleibt uns keine Zeit mehr, Netze zu knüpfen.«

Geordi kratzte sich am Kinn. »Ja, darüber habe ich auch schon nachgedacht. Ich weiß nicht, wie wirksam

Netze sein werden, wenn wir sie ein zweites Mal einsetzen wollen. Deshalb habe ich ja nach einer anderen Überraschung gesucht. Ich bin für alle Vorschläge offen.«

Vernok öffnete den Schnabel und wollte etwas sagen, doch dann hielt der kleine Saurianer wieder inne.

»Nur zu, Vernok«, sagte Geordi. »Hier kann jeder sagen, was er im Sinn hat. Also, worum geht es?«

»Ich bin klein«, sagte Vernok. »Im Kampf nicht so gut.«

»Aber du hast Sidra Swan wie ein Geburtstagsgeschenk eingewickelt«, sagte Jenna. »Das war klasse.«

Vernok verzog das Gesicht – vielleicht war es auch ein Lächeln. »Das war reines Glück«, sagte der Saurianer. »Mir ist aufgefallen, daß unsere Flagge und unsere Uniformen denselben grünen Farbton haben. Wenn ich euch den Rücken zuwende und den Kopf senke – sehe ich dann nicht wie unsere Flagge aus? Ich kann den Ellbogen heben, damit der Wind in meinen Ärmel weht.«

Er demonstrierte es, und Geordi beugte sich gespannt vor.

»Aus einiger Entfernung würdest du tatsächlich wie eine Flagge aussehen«, stimmte er zu. »Aber wie lange kannst du diese Position beibehalten?«

»Wir sind eine kaltblütige Spezies«, sagte der Saurianer. »Wir schränken unsere Körperbewegungen von Natur aus ein. Mit anderen Worten … ich bin sehr gut darin, völlig ruhig sitzen zu bleiben.«

»Na schön«, sagte Geordi. »Dann werden wir dich als Köder benutzen. Altos, wenn wir morgen hinabgebeamt werden, nimmst du unsere echte Flagge und bringst sie zu der entlegensten Eckgrenzmarkierung, die du findest. Genau, wie das goldene Team es heute mit seiner Flagge gemacht hat. Dann versteckst du dich und bewachst sie. Vernok, du kletterst auf eine Kalksteinformation hinauf und tust dann so, als wärest du unsere Flagge.«

Er wandte sich an Megan. »Du begleitest ihn. Achte darauf, daß du gut sichtbar bist. Knüpfe ganz auffällig ein Netz. Ich weiß nicht, wie man wie mehrere Personen gleichzeitig aussehen kann, aber du mußt es versuchen.«

»Ich werde mein Haar zurückbinden«, schlug sie vor. »Und ich benutze die Blätter der Schlingpflanzen, um ihm eine andere Farbe zu geben.«

»Ausgezeichnet!« sagte Geordi. »Dann bleiben fünf von uns für unseren Hinterhalt übrig. Wenn sie die gleiche Strategie wie heute benutzen, müßten sie mit fünf Angreifern kommen. Wir können den Hinterhalt erst planen, wenn wir morgen das Gelände sehen. Aber wir wissen, in welche Richtung sie sich bewegen werden, sobald sie unsere falsche Flagge gesehen haben.« Der Captain des grünen Teams seufzte. »Das klingt sehr kompliziert. Ich kann nur hoffen, daß es funktioniert.«

»Es ist sehr wichtig«, fügte Jenna hinzu, »daß wir den Köder wie unsere echte Flagge behandeln. Wenn der Hinterhalt fehlschlägt oder wir getrennt werden, müssen wir uns zu der falschen, auf keinen Fall aber zu der richtigen Flagge zurückziehen.«

»Das ist kein Problem«, sagte Kareem. »Außer Altos weiß keiner von uns, wo die richtige Flagge ist.«

Der große Andorianer ließ seine Kopffühler wakkeln. »An mir kommt keiner vorbei«, versprach er.

Geordi setzte sich auf den grünen Boden und streckte die Beine aus. »Also gut«, sagte er. »Wir haben einen Plan. Morgen werden wir herausfinden, ob er funktioniert.«

Er schaute gerade noch rechtzeitig auf, um die letzten Strahlen des Sonnenlichts hinter den zerklüfteten Bergen verschwinden zu sehen. Dunkelheit senkte sich über das Lager, und Jenna zündete die Lampen an. Altos durchsuchte die Nahrungsbeutel nach seinen Lieblingsgerichten. Alles war gesagt.

Geordi fuhr zusammen, als er seinen Kommunikator piepen hörte. »LaForge hier«, sagte er.

»Hier Zemusta«, kam die Antwort. »Jack Pettey steht vor mir«, fuhr die erstaunt klingende Stimme fort.

»Hast du ihn beim Spionieren erwischt?« fragte Geordi.

»Nein. Er ist zu mir gekommen und hat gesagt, er wolle mit dir sprechen. Er ist allein.«

Geordi sah der Reihe nach seine Teamgefährten an, doch der Ausdruck auf ihren Gesichtern war genauso verwirrt wie der auf dem seinen. »Schick ihn zu uns«, sagte Geordi.

»Ja, Sir. Zemusta Ende.«

Jenna runzelte die Stirn. »Wahrscheinlich will er uns aushorchen. Verratet ihm ja nichts.«

Geordi schaute auf das Diagramm, das er auf den Boden gezeichnet hatte, und verwischte es schnell mit der Hand. »Vielleicht will er nur mal hallo sagen.«

»Ganz bestimmt«, entgegnete Jenna zweifelnd.

Man konnte den großen, blonden Jungen, der aus der Dunkelheit kam, nicht verwechseln. Er hätte mit jedem Schritt mehrere Meter zurücklegen können, schien sich aber absichtlich langsam zu bewegen. Er benahm sich, als wolle er sie nicht beunruhigen.

»Hallo«, sagte Jack Pettey mit einem breiten Grinsen. »Ich dachte, ich besuche euch mal zum Abendessen. Was habt ihr denn so?«

Altos zog eine Packung aus der Kiste. »Rindergulasch? Du bist doch bestimmt ein Fleischesser.«

»Worauf du dich verlassen kannst«, sagte Pettey.

Altos warf ihm den Beutel zu, und er drehte ihn, um das Gericht zu erhitzen. Normalerweise war Geordi zu niemandem unfreundlich. Aber das war der Feind, in mehr als nur einer Hinsicht.

»Ich habe mir die Aufzeichnung eures Spiels angesehen«, sagte Pettey, während er außerhalb von T'Laras Reichweite Platz nahm. »Sehr beeindruckend. Ich wäre nie darauf bekommen, Netze zu machen. Ich greife lieber auf schiere Kraft zurück.«

Geordi lächelte. »Das haben wir bemerkt.«

»Trotzdem«, sagte Jenna, »habt ihr eine Betrügerei benutzt, um zu gewinnen. Ihr habt Takama dazu gebracht, diesen einen Burschen zu verfolgen, der ihn verspottet hat.«

Pettey zuckte mit den Achseln. »Wenn der Feind dumm ist, muß man das ausnutzen. Bei euch wird das morgen nicht der Fall sein. Ihr habt keinen Fehler gemacht. Außerdem habt ihr einen eingebauten Vorteil.«

»Ach was?« sagte Kareem.

»Klar«, erwiderte der blonde Kadett. »LaForges VISOR.«

Geordi schüttelte den Kopf. »Ich war nie der Auffassung, daß es ein Vorteil ist, blind zu sein.«

»Ich habe die Aufzeichnung studiert«, sagte Pettey. »Du und die Vulkanierin, ihr seid sofort zu ihrer Flagge gegangen. Ihr mußtet nicht danach suchen. Willst du abstreiten, daß du das mit deinem VISOR gemacht hast?«

»Es verleiht mir keinen Röntgenblick«, sagte Geordi. Er wollte erklären, daß er nur etwas überschüssige Wärme entdeckt hatte, die die Mitglieder des roten Teams bei ihrer Versammlung ausgestrahlt hat-

ten. Doch dann hielt er inne. *Genau das will Pettey – herausfinden, welchen Vorteil das VISOR mit gibt.*

Pettey runzelte die Stirn. »Du kannst doch nicht abstreiten, daß ihr einen elektronischen Ausrüstungsgegenstand habt, den wir nicht haben.«

Geordi lächelte. »Hättest du gern ein VISOR? Lieutenant Pantano kann dir mit dem Replikator an Bord des Schiffes bestimmt eins herstellen.«

»Ja!« sagte Pettey geradeheraus.

»Aber bevor wir das machen«, fügte Geordi hinzu, »solltest du mein VISOR aufsetzen und ausprobieren, wie es dir gefällt.«

Einige Kadetten schnappten leise nach Luft, als Geordi sein VISOR abnahm, und ihm fiel ein, daß seine hellen, blicklosen Augen den meisten Leuten seltsam vorkamen. Er hielt Pettey das VISOR hin. Dann wartete er ab. Es dauerte nicht lange, und er hörte einen entsetzten Schrei.

»Igitt!« schrie Pettey und riß sich das VISOR vom Kopf. »Das ist ja, als würde man einem Messer ins Gehirn stechen!«

»Ja«, pflichtete Geordi ihm bei. »Ich habe mehrere Jahre gebraucht, um über die Kopfschmerzen hinwegzukommen. Und dann noch einige Jahre, um alle Signale auszusortieren und zu interpretieren. Wenn du sofort damit anfängst, wirst du das Gerät in einigen Jahren beherrschen. Willst du noch immer ein VISOR haben?«

»Nein«, antwortete der großgewachsene Kadett. »Es … äh … es tut mir wirklich leid, dich belästigt zu haben.«

Geordi setzte das VISOR wieder auf und stellte fest,

daß der Captain des goldenen Teams tatsächlich bedauernd dreinschaute. »Jack«, sagte er, »ich weiß, wir haben unsere Differenzen gehabt, aber wir sind nun mal verschieden. Wir werden uns nie sehr ähnlich sein. Aber wir wollen doch ein- und dasselbe – bei Starfleet dienen. In dieser Hinsicht sind wir gleich.«

»Nein!« sagte Pettey und sprang auf. »Ich will nicht nur bei Starfleet dienen – ich will der *Beste* sein, der je bei Starfleet war. Ich will die Akademie mit den höchsten Auszeichnungen beenden. Ich will schneller befördert werden als alle anderen. Ich will den Befehl über Leute wie dich haben.«

Geordi war einen Augenblick lang von dem brennenden Ehrgeiz des Kadetten wie vor den Kopf geschlagen. Doch er vermutete, daß Ambitionen nur ein Grund waren, zu Starfleet zu gehen. Er hoffte, er würde nie wie Jack Pettey werden. »Ich wünsche dir Glück.« Mehr konnte er dazu nicht sagen.

»Ich brauche kein Glück«, knurrte Pettey. »Ich muß besser sein als du. Deshalb muß ich dich morgen besiegen.«

»Hoffentlich bist du nicht allzu enttäuscht«, versetzte Geordi, »wenn du es nicht schaffst.«

Pettey lächelte. »Wir werden euch nicht auf die leichte Schulter nehmen, nur weil ihr ein Haufen ...«

»Knirpse?« schlug Kareem vor. »Und wir werden euch nicht auf die leichte Schulter nehmen, nur weil ihr ein Haufen Trottel seid.«

Pettey runzelte die Stirn. »Wir sehen uns morgen. Auf dem Schlachtfeld.« Mit großen Schritten ging er in die Dunkelheit davon.

Jenna schlug sich mit der Faust auf die Handfläche.

»Diesen Burschen würde ich wirklich gern besiegen.«

»Ich auch«, sagte Geordi. »Aber wir müssen immer daran denken, daß wir schon viel erreicht haben. Schlimmstenfalls werden wir zweiter, und zwei Teams sind noch hinter uns.«

»Geordi hat recht«, sagte Kareem, und sie nickten übereinstimmend. »Aber es würde wirklich einen Riesenspaß machen, sie zu schlagen!« Dieser Bemerkung folgte begeisterter Jubel.

Geordi kicherte. »Ich weiß nicht, wieviel Spaß wir morgen haben werden, aber wir haben unsere Pläne gemacht – jetzt müssen wir sie nur noch ausführen. Vernok, gibst du Zemusta Bescheid, er soll zu uns kommen und sich etwas ausruhen? Erklärt ihm unser Vorhaben, aber seid leise dabei.«

»Jawohl, Sir«, antwortete der kleine Saurianer und eilte davon.

»Machst du dir jetzt keine Sorgen über Spione mehr?« fragte Jenna.

»Ich habe nichts dagegen, daß sie sich anschleichen und uns beim Schlafen beobachten«, sagte Geordi. »Denn genau das werden wir jetzt tun. Ich möchte, daß wir morgen früh ausgeruht sind.«

Schweigend beendeten sie ihre Mahlzeit und zogen sich dann in ihre Zelte zurück. Allerdings schliefen sie nicht sofort ein. Geordi lag noch wach und lauschte Vernoks leisem Schnurren neben ihm. *Vielleicht wäre es ganz gut, kaltblütig zu sein,* dachte er.

»Geordi«, sagte Kareem, »ich kann nicht schlafen.«

Der Captain seufzte. »Ich weiß, aber wir müssen es versuchen. Was auch immer morgen geschehen wird, es wird uns nicht helfen, wenn wir jetzt wach bleiben und uns den Kopf darüber zerbrechen.«

»Du hast recht«, erwiderte Kareem. »Und ganz gleich, was morgen geschieht, ich bin sehr stolz darauf, diesem Team anzugehören. Davon habe ich geträumt, als ich von der Akademie akzeptiert wurde.«

»Zu gewinnen?« fragte Geordi.

»Nein. Als Gleichberechtigter konkurrieren zu können.«

Geordi lächelte. »Sieh zu, daß du etwas Schlaf bekommst, kleiner Bruder. Du wirst ihn brauchen.«

Nach ein paar Minuten fiel ihm nichts mehr ein, worüber er sich den Kopf zerbrechen konnte. Also nahm Geordi sein VISOR ab und ergab sich der völligen Dunkelheit, die ihn verschlang.

Als Geordi am nächsten Morgen aus seinem Zelt auftauchte, stellte er besorgt fest, daß der Himmel grau und schwermütig war. Er wollte, daß die Sonne schien – wie am Vortag, als sie gewonnen hatten.

Altos schien mit dem grauen Himmel zufrieden zu sein. »Ah«, sagte der Andorianer, »ein guter Tag für einen Kampf.«

Geordi schaute zu dem Coupmeter an seiner Brust hinab und fragte sich, ob sein Glück Bestand haben würde. Würde er einen Treffer landen, oder würde er heute gefangengenommen werden? Und wenn es ihn erwischen sollte – würde sein Team weiterkämpfen oder demoralisiert aufgeben?

Er beobachtete seine Teamgefährten, als sie aus den Zelten kamen und das Frühstück einnahmen. Sie alle wirkten entschlossen und konzentriert. Nein, dachte

Geordi, sie würden weiterkämpfen, ganz gleich, was mit ihm persönlich geschah. Sie wußten, daß es um den Gesamtsieg ging. Sie wußten, daß dies der letzte Tag des Spiels *Erobert die Flagge!* war. Der letzte Tag des grünen Teams.

Er erinnerte sich, einmal gehört zu haben, daß weniger als die Hälfte der Kadetten, die von der Starfleet-Akademie akzeptiert wurden, die vier Jahre durchhielten. Der Gedanke, daß einige Mitglieder seines Teams es vielleicht nicht schaffen würden, bei Starfleet aufgenommen zu werden, betrübte ihn. Einige andere würden es schaffen, aufgenommen zu werden, dann aber feststellen, daß sie nicht für ein so anspruchsvolles Leben geeignet waren. Einige würden vielleicht sogar im Dienst sterben.

Niemand konnte sagen, was die Zukunft für sie bringen würde. Doch heute, in diesem Augenblick, hatten sie die Chance, sich zu beweisen.

Flüsternd diskutierten sie noch einmal ihren Plan, doch niemand hatte Fragen oder Zweifel. Alle wußten, was sie zu tun hatten. Ihnen war etwas unwohl zumute, doch sie waren erleichtert, als Geordis Kommunikator endlich piepte.

»Pantano an LaForge«, sagte die vertraute Stimme. »Sind Sie bereit, sich hinaufbeamen zu lassen und mit dem Spiel zu beginnen?«

Geordi sah sein Team an und lächelte. »Wir sind bereit.«

9

Die Bedeutung des Gesamtsiegs wurde durch die Tatsache unterstrichen, daß Captain McKersie sie im Transporterraum erwartete. Der Flugausbilder strahlte, als er sie begrüßte.

»Herzlichen Glückwunsch an Sie und Ihr Team, LaForge«, sagte er. »Ich freue mich auf eine ausgezeichnete Partie heute morgen.«

»Vielen Dank, Sir«, erwiderte Geordi. Er freute sich, daß tatsächlich jemand Spaß an den Wettkämpfen hatte.

Lieutenant Pantano betrat den Raum und brachte die grüne und die goldene Flagge mit. »Guten Morgen«, sagte sie munter. »Bitte treten Sie zurück, während wir das goldene Team an Bord holen.«

Geordi und seine Mannschaftsgefährten taten wie geheißen, und Geordi stellte fest, daß sein Herz bereits unangenehm schnell schlug.

»Energie«, sagte Pantano zu dem Operator.

Sie sahen zu, während das goldene Team auf der Transporterfläche materialisierte. Geordi hörte, wie Megan nach Luft schnappte; er selbst konnte seinem VISOR kaum glauben. Es hatte den Anschein, daß Jack Pettey und sein Team Tarnbemalung auf den Gesichtern trugen.

»Ist das ein Make-up?« flüsterte er Jenna zu.

»Sieht eher wie Kriegsbemalung aus«, erwiderte sie. »Sie wollen uns damit nur angst machen.«

Und das ist ihnen auch ausgezeichnet gelungen, dachte Geordi, während er sein Team musterte.

Pettey stolzierte geradezu von der Transporterfläche hinab. »Captain McKersie, Lieutenant Pantano, es ist mir eine Ehre.«

»Herrje«, sagte Emma Pantano, »Sie tragen da aber eine seltsame Bemalung. Wie haben Sie die hergestellt?«

»Holzkohle, ein wenig Kalkstein, etwas Lehm«, erwiderte Pettey.

»Oh«, sagte Kareem. »Und ich hatte gedacht, ihr hättet einfach keine Tischmanieren.«

Das Gelächter, in das das grüne Team ausbrach, trug wieder zu ihrer Entspannung bei. Geordi hätte den Neopygmäen umarmen können.

»Wir werden ja sehen, wer zuletzt lacht«, warnte der großgewachsene Kadett sie.

»Schütteln Sie sich die Hände«, sagte Pantano. Ihr Tonfall machte klar, daß es sich um einen Befehl handelte.

Die Teams taten ohne große Begeisterung wie geheißen. Pettey bedachte Geordi mit einem festen Händedruck und einem garstigen Blick.

Pantano gab Geordi die Flagge. »Das Los hat entschieden, daß das grüne Team zuerst hinabgebeamt wird«, sagte sie. »Beiden Mannschaften viel Glück.«

»Danke«, erwiderte Geordi. Er hatte das Gefühl, daß sie seinem Team etwas mehr Glück wünschte.

Captain McKersie rieb sich die Hände und grinste. »Ich freue mich darauf, das Spiel zu verfolgen. Ich sehe Sie dann im Hörsaal – natürlich nur diejenigen von Ihnen, die gefangengenommen werden.« Er verließ den Raum.

Geordi sah seine Teamgefährten an und nickte. Langsam nahmen sie ihre Positionen auf der Transporterplattform ein.

»Koordinaten eingegeben?« fragte die Pantano.

»Ja, Sir.«

»Energie.«

Sie materialisierten auf einem unbekannten Teil des Spielfelds. Vielleicht, dachte Geordi, war es nicht einmal dasselbe Spielfeld wie am Vortag. Da bislang alles, was sie von Saffair gesehen hatte, gleich aussah, konnten sie es wirklich nicht sagen.

Er gab Altos die Flagge. »Du weißt, was du zu tun hast.«

»Jawohl, Sir«, sagte der große Andorianer. Seine Kopffühler zuckten. »Die Flagge ist bei mir in Sicherheit.« Er stürmte mit gewaltigen Schritten einer Grenzmarkierung in der Ferne entgegen. Schon bald war er außer Sicht.

Geordi, T'Lara und die anderen suchten den Horizont ab, hielten Ausschau nach einer hohen Felsformation, auf der sie die falsche Flagge aufstellen konnten.

»Da«, sagte Zemusta und deutete auf einen verwitterten Gipfel, der vor dem grauen Himmel kaum auszumachen war. Er war nicht so gut wie der bogenförmige Felsen, auf dem sie die Flagge am Vortag verteidigt hatten, dachte Geordi, aber etwas Besseres stand ihnen nun mal nicht zur Verfügung.

»Gehen wir gemeinsam dort hinüber«, sagte er.

»Wir wollen ja sehen, aus welcher Richtung sie kommen werden.«

Sie spurteten in scharfem Tempo zu dem flachen Gipfel, und Geordi, T'Lara und Vernok kletterten hinauf. Oben fanden sie eine kleine Senke, in die Vernok sich setzen konnte. Er drehte dem Spielfeld den Rücken zu, verrenkte den langen Hals nach unten und streckte einen Arm aus. Sein lockerer Ärmel flatterte in der schwachen Brise wie eine Flagge.

»Bist du sicher, daß du es in dieser Position aushalten kannst?« fragte Geordi. Es sah nicht sehr bequem aus.

Der kleine Saurianer brachte ein schiefes Lächeln zustande. »Es war schließlich meine Idee, oder? Also beschützt mich bitte einfach. Ich will nicht, daß dieser blonde Affe auf meinen Rücken springt.«

Geordi nickte. »Wir werden unser Bestes geben.« Er drehte sich um und überblickte die trostlose Ebene. Zum Glück war noch nichts vom goldenen Team zu sehen. Er hoffte, daß auch die gegnerische Mannschaft Probleme hatte, einen geeigneten Standort für ihre Flagge zu finden.

»Captain«, sagte T'Lara, »die Sicht ist heute schlechter als gestern. Ich vermute, die Angreifer werden unsere falsche Flagge erst auf etwa einhundert Meter Entfernung ausmachen können. Damit befänden sie sich auf der anderen Seite dieser kleinen Schlucht. Wenn sie versuchen, sie zu überqueren, werden sie so schnell wie möglich laufen.«

»Wenn wir uns also in der Schlucht verstecken«, sagte Geordi, »können wir sie dort vielleicht abfangen. Aber wo werden sie sie überqueren?«

»Das ist ein Problem«, pflichtete die Vulkanierin ihm bei. »Je weiter entfernt wir den Hinterhalt anlegen, desto größer die Aussicht, sie zu verfehlen. Je näher an der falschen Flagge wir ihn legen, desto besser unsere Aussicht auf Erfolg. Doch du wolltest, daß der Kampf in der Mitte des Spielfelds stattfindet, weit entfernt vom Köder.«

Geordi hörte ihr kaum zu. Er machte sich allmählich Sorgen, daß sie zuviel Zeit verschwendeten. Sie verhielten sich genau wie das rote und das blaue Team – sie führten eine Diskussion, statt zu handeln. Und diese beiden Mannschaften hatten ihre Partien verloren.

Er zeigte auf seine Mannschaftsgefährten. »Kareem und Zemusta«, befahl er, »ihr beide stoßt etwa einen halben Kilometer tief in die Ebene vor. Ich will nicht, daß sie uns überraschen.«

»Jawohl, Sir!« antworteten sie.

Sie stürmten los, und Geordi fühlte sich schon etwas besser. Doch er mußte noch immer eine Entscheidung treffen. Und wenn sie sich als die falsche erwies, konnte es katastrophale Folgen haben.

»Na schön«, sagte er, »wir legen den Hinterhalt in der Schlucht. Wenn sie an uns vorbeilaufen, verfolgen wir sie.«

T'Lara nickte. Geordi wünschte sich fast, sie hätte einen Kommentar abgegeben – ihm gesagt, ob er das Richtige oder Falsche angeordnet hatte. Aber es entsprach nicht dem vulkanischen Charakter, die Entscheidung eines Vorgesetzten in Frage zu stellen. Sie sprang zu Boden.

Megan kletterte den Felsen hinauf und nahm ihren

Platz neben dem kleinen Saurianer ein. Sie riß bereits Blätter von einer Schlingpflanze ab und band mit einigen kleineren Ranken das Haar zurück.

»Ich werde sehr sichtbar sein«, versprach sie. »Ich mache mir mit diesen dunklen Blättern eine Perücke.«

Geordi bedachte sie mit einem schwachen Lächeln. Er wußte nicht, wieso, aber seine Zuversicht ließ nach. *Vielleicht waren wir einfach* zu *trickreich,* dachte er. *Vielleicht sollten wir einfach auf die Ebene laufen und ihnen eins auf die Rübe geben. Wir wissen nicht mal, wo unsere echte Flagge ist, wir wissen nicht, wo der Feind ist, und trotzdem planen wir einen Hinterhalt!*

Er verdrängte seine Zweifel und berührte Megans schmale Schulter. »Du wirst dich bestimmt gut schlagen. Und sollte dieser Standort überrannt werden, verschwindest du von hier, suchst Altos und hilfst ihm.«

Sie nickte grimmig. »Jawohl, Sir.«

Geordi sprang von dem Felsen hinab und folgte T'Lara und Jenna. Er machte sich allmählich Sorgen darüber, daß sie so weit ausgeschwärmt waren: Altos mit der echten Flagge, Vernok und Megan als Lockvögel, Zemusta und Kareem als Späher, und nur sie drei konnten den Hinterhalt legen.

»Was ist los?« fragte Jenna.

Er schüttelte den Kopf. »Ich habe nur über einiges nachgedacht.«

»Mach dir keine Sorgen«, sagte Jenna. »Wir packen sie schon.« Sie zeigte auf ihre Gefährtin. »Siehst du, T'Lara schaut nicht besorgt drein.«

»Dazu bin ich gar nicht fähig«, versetzte die Vulkanierin.

Geordi mußte kichern. »Na schön, steigen wir in die Schlucht hinab.«

Ohne ein weiteres Wort zu wechseln, liefen sie etwa hundert Meter und kauerten sich in einer flachen Senke nieder. Geordi schaute über den Rand der Schlucht und hoffte, daß das goldene Team über sie hinwegspringen würde, ohne großartig darüber nachzudenken. Er schaute zu dem Lockvogel zurück und machte etwas aus, das wie die grüne Flagge und ein dunkelhaariger Wachtposten aussah. Der Wächter verschwand aus seinem Blickfeld, und ein paar Sekunden später erschien ein weißhaariger.

Es sieht überzeugend aus, dachte Geordi und entspannte sich etwas. T'Lara und Jenna spähten abwechselnd über den Rand der Schlucht.

Plötzlich piepte Geordis Kommunikator. Er hielt den Atem an und berührte ihn. »Hier LaForge.«

Eine erschrockene, atemlose Stimme erklang. »Ich bin's, Kareem! Sie haben sich an uns angeschlichen! Sie haben Zemusta überwältigt, und mich verfolgen sie!«

Geordis Kehle zog sich zusammen, doch er erwiderte ruhig: »Du weiß, wohin du laufen mußt. Führe sie dorthin. Ende.«

Jenna blickte besorgt drein. T'Lara schaute über den Rand der Schlucht. »Das könnte zu unserem Vorteil geraten«, versetzte sie. »Kareem könnte sie direkt in unseren Hinterhalt locken.«

Geordi zuckte wie vom Schlag getroffen zusammen. »Ich sehe ihn!« flüsterte er. »Wir müssen etwa dreißig Meter nach links.«

Gebückt hasteten Geordi, Jenna und T'Lara durch

den Hohlweg. Geordi warf einen Blick über den Rand und sah ein kleines Grünhemd, dem drei Goldhemden dicht auf den Fersen waren. Kareem rannte, was er konnte, doch aufgrund seiner kürzeren Beine hatte er kaum eine Chance gegen seine größeren Verfolger.

Jenna und T'Lara waren an Geordi vorbeigeglitten und gingen in Position. Sie schauten zu ihm zurück, und er winkte ihnen, daß sie stehenbleiben sollten. Er spähte erneut über den Rand und sah, daß die drei goldenen Spieler Kareem fast erreicht hatte.

Nur noch ein kleines Stück, Kareem! Nur noch ein Stückchen!

Der tapfere Neopygmäe sprang über den Rand und blieb bäuchlings in der Schlucht liegen. Sofort war ein kahlköpfiger Catullaner über ihm und hämmerte auf seinen Coupmeter. Kareem verschwand, bevor jemand ihm zu Hilfe eilen konnte. Genauso schnell warf Jenna sich vor und legte von hinten die Arme um die Brust des goldenen Spielers. Er verschwand in einem wirbelnden Lichtermeer.

T'Lara rang mit einem weiteren Goldhemd, einem großen Centaurier. Geordi befürchtete, sie würde den Kampf verlieren, doch ihre unglaubliche Kraft ermöglichte ihr, seine Arme zurückzudrücken und seinen Coupmeter zu streifen. Er schlug mit der Faust nach ihrer Brust, und sie stolperte zurück, um ihm auszuweichen. Seine Faust verschwand – gemeinsam mit seinem restlichen Körper – mitten in der Luft.

Der dritte Gegner, ein bärtiger Argelianer, riß Jenna zu Boden und warf sich auf sie. Er versuchte, an ihren Coupmeter heranzukommen. Geordi stürmte vor, um ihr zu helfen, doch er schien sich in Zeitlupe zu be-

wegen. Er hörte Jenna schreien und warf sich mit voller Wucht auf ihren Angreifer.

Er schleuderte ihn zu Boden und warf sich auf ihn. Der Argelianer leistete erbitterten Widerstand, doch Geordi war erzürnt darüber, wie er Jenna behandelt hatte. Sie hielten einander an den Armen fest, und so berührte Geordi den Coupmeter seines Gegners mit dem Kopf. Der Argelianer bedachte ihn noch mit einem überraschten Blick, bevor er verschwand.

Stöhnend rappelte Geordi sich auf. »Jenna…«, keuchte er. »Alles in Ordnung?« Er schaute sich um.

»Jenna ist verschwunden«, antwortete T'Lara. »Doch der Hinterhalt war ein Erfolg. Einschließlich Kareem haben wir zwei Spieler verloren, sie hingegen drei.«

Geordis Mut schwand. Irgendwie kam es ihm nicht wie ein Sieg vor, Jenna und Kareem zu verlieren. Außerdem war wahrscheinlich auch Zemusta gefangengenommen worden, was bedeutete, daß die Partie wieder ausgeglichen war – fünf Spieler auf jeder Seite.

Sein Kommunikator piepte, und er hoffte einen Augenblick lang, daß Zemusta irgendwie entkommen war.

»Hier LaForge«, antwortete er.

»Hallo, Kumpel. Ich bin's, Jack Pettey.«

»Was?« fragte Geordi. »Wieso kannst du dich auf diesem Kanal melden?«

»Ganz einfach«, antwortete Pettey. »Meine Jungs haben den Tellariten festgehalten, und ich habe ihm dem Kommunikator abgenommen. Dann haben wir ihn auf die *Glenn* geschickt. Du verlierst, Kumpel.«

»Das wohl nicht gerade«, antwortete Geordi. Er

war so wütend, daß es ihm nichts ausmachte zu lügen. »Du hast drei Jungs verloren. Das heißt also, auf deiner Seite drei, auf meiner nur einer.«

»Was?« brüllte Pettey.

»Versuch doch, sie zu rufen. Es war alles geplant … ein Hinterhalt. Ihr seid in der Unterzahl … Kumpel!«

Zornig schlug Geordi auf seinen Kommunikator, um ihn auszuschalten. Er wußte nicht, worüber er am wütendsten war – darüber, daß er seine Freunde verloren hatte, oder über Petteys widerwärtiges Verhalten. Vielleicht war er auch über seinen eigenen Zorn am wütendsten, und darüber, wie er einen der goldenen Spieler ausgeschaltet hatte.

T'Lara zog eine Braue hoch. »Das war klug«, sagte sie. »Wir Vulkanier lügen nicht, und daher ist uns nie richtig klargeworden, was für ein taktischer Vorteil das Lügen sein kann.«

»Ich bin nicht stolz darauf«, murmelte Geordi und wischte sich den Staub von seinen Hosen. »Was nun?«

T'Lara spähte über die Wüstenebene. »Werden sie vorsichtiger sein, wenn sie glauben, daß wir im Vorteil sind? Oder rücksichtsloser? Du kennst das menschliche Verhalten besser als ich.«

Geordi zuckte mit den Achseln. »Es fällt mir schwer, wie Pettey zu denken. Aber ich vermute, daß er *sehr* wütend ist. Er wird *mich* suchen.«

»Wenn dem so ist«, sagte T'Lara, »solltest du mit Megan bei der falschen Flagge warten. Die Mischung, sowohl dich als auch unsere Flagge zu sehen, könnte sich für Kadett Pettey als unwiderstehlich erweisen. Vielleicht will er sie unbedingt angreifen.«

»Und was wirst du tun?« fragte Geordi.

»Jemand muß ihre Flagge suchen und feststellen, von wie vielen sie bewacht wird.«

Geordi seufzte. »Ja, du hast recht. Das ist völlig logisch. Trotz allem, was Pettey vielleicht glaubt, haben wir nur fünf Leute und müssen sie klug einsetzen. Aber nimm den Umweg außen herum und laß dich nicht erwischen.«

T'Lara nickte. »Ich beabsichtige nicht, mich gefangennehmen zu lassen.«

Die Vulkanierin ging in die Hocke und huschte die Schlucht entlang, bis sie außer Sicht war. Ihre grüne Kleidung und die leicht grün gefärbte Haut halfen ihr, mit der Umgebung zu verschmelzen. Wenn er sie nicht mehr sah, dachte Geordi, konnte er nur hoffen, daß Pettey sie auch nicht bemerkte.

Als er zu der falschen Flagge zurückkehrte, war er noch immer besorgt und verdrossen. Er vermißte Jenna und Kareem. Natürlich waren beide auch während des gestrigen Spiels gefangengenommen worden, und sie hatten trotzdem noch gewonnen. Aber er hatte das nur aus der Ferne beobachtet. Heute war es direkt vor seiner Nase passiert – und er hatte es nicht verhindern können.

Natürlich waren sie nicht in Wirklichkeit fort. Sie saßen jetzt in bequemen Sesseln, nippten Limonade und beobachteten ihn über die Bildschirme. Aber er kam sich vor wie ein Captain, der wertvolle Besatzungsmitglieder verloren hatte.

Vielleicht ist das der wahre Zweck dieses Spiels, dachte Geordi. *Es geht nicht um die Strategie oder den Kampf – sondern darum, uns aufzuzeigen, wie man sich fühlt, wenn man Gefährten verliert. Freunde.*

Geordi wußte aufgrund der Jahre, die er, während er aufwuchs, an Bord von Raumschiffen verbracht hatte, daß Fehler oft Todesfälle verursachten. Wirkliche Todesfälle, bei denen die Leute nicht zurückkamen. Nun würden alle Kadetten es wissen. Sogar Jack Pettey mußte den Verlust von drei Teamgefährten gespürt haben, die er in einen Hinterhalt geschickt hatte. Würde er nach dieser Erfahrung noch immer so begierig darauf sein, das Kommando zu haben?

Megan winkte ihm zu, als er langsam die Kalksteinformation hinaufkletterte. Ihn beeindruckte, wie Vernok noch immer seine Haltung beibehielt – er sah in der Tat noch immer wie eine Flagge aus.

»Alles in Ordnung?« fragte Megan.

Geordi zuckte mit den Achseln. »Ich glaube schon. Wir haben Jenna, Kareem und Zemusta verloren, sie aber ebenfalls drei Leute. Unser Vorteil ist, daß sie glauben, wir hätten sieben Spieler, und wir wissen, daß sie nur fünf haben.«

»Warum bist du zurückgekommen?« fragte Vernok, ohne einen Muskel zu bewegen.

»Jack Pettey ist wütend auf mich. Wenn er mich hier oben sieht, versucht er vielleicht, uns mit allem anzugreifen, was er hat. T'Lara ist noch da draußen und sucht ihre Flagge.«

»Tja«, sagte Megan, »ich glaube, dein Plan geht auf.«

»Was?« fragte Geordi.

Megan deutete in die Ferne. Drei Goldhemden näherten sich ihnen schnell.

10

Geordi trat zurück und wäre fast über Vernok gestolpert. »Tut mir leid«, sagte er und schaute dann Megan an. »Hast du Netze geknüpft?«

»Nur eins«, antwortete sie. »Und das hauptsächlich, um den Schein zu wahren.«

»Na schön«, sagte Geordi. »Such dir ein gutes Versteck und halte dich bereit, das Netz einzusetzen. Sie sind zu dritt, und wir sind zu dritt.«

»Aber einer von uns ist eine Flagge«, erinnerte Vernok ihn.

»Im richtigen Augenblick«, sagte Geordi, »kannst du damit aufhören, eine Flagge zu sein.«

Er beugte sich vor und beobachtete, wie Megan die Felsformation hinabhastete und sich in eine Spalte drückte. Dann schaute er über die Ebene. Die drei Spieler des goldenen Teams kamen noch immer schnell näher; sie wurden angeführt von einem großgewachsenen Kadetten mit goldenem Haar. Geordi kam sich auf dem Felsen plötzlich sehr allein vor. Er wünschte, er könnte mit Altos den Platz tauschen, wo auch immer der sein mochte.

Es bestand kein Zweifel, daß Pettey sie angreifen würde. Er würde zum Schluß kommen, daß seinen drei Angreifern lediglich zwei Verteidiger gegenüberstanden. Er würde annehmen, daß der Rest des grünen Teams auf der Suche nach seiner

Flagge war, was einen Angriff noch dringlicher machte.

Geordi plante schnell seine Strategie. Er mußte auf jeden Fall dafür sorgen, daß sie von vorn kamen; dort hatte Megan sich mit ihrem Netz versteckt, und von dort aus konnten sie nur Vernoks Rücken sehen. Wenn sie von der Seite oder von hinten angriffen, fanden sie vielleicht heraus, daß sie hereingelegt worden waren.

Schließlich verlangsamten die drei Goldhemden ihren Lauf zu einem gemächlichen Trott und blieben dann am Fuß des Felsens stehen. Schweiß hatte ihre Tarnbemalung verdunkelt, und sie sahen aus, als hätten sie sich im Dreck gewälzt.

»Nicht zu nah«, warnte der Captain des goldenen Teams seine Teamgefährten. »Vielleicht haben sie Netze.«

»Ja, genau!« rief Geordi hinab. »Kommt nicht näher, wenn ihr nicht auf das Raumschiff zurückkehren und das Spiel auf den Bildschirmen verfolgen wollt!«

Pettey lächelte. »Du hast vielleicht mehr Spieler als wir, obwohl ich das allmählich bezweifle. Aber wir haben eure Flagge zuerst gefunden! Meine Verteidiger haben noch nichts von deinen Leuten gesehen!«

»Sie werden sie erst sehen, wenn es zu spät ist!«

Das ließ Pettey innehalten und nachdenken. Er winkte seine Spieler zu sich und flüsterte ihnen Befehle zu. Sie nickten und schickten sich an, den Felsen zu umkreisen.

»Habt ihr Angst?« höhnte Geordi. »Wohin geht ihr?«

»Wir sehen uns nur mal um«, sagte Pettey.

»Na los doch!« rief Geordi. »Willst du etwa sagen, ihr drei könntet nicht hier heraufklettern und mir die Flagge abnehmen?«

»Wir wissen, daß mindestens noch ein Spieler bei dir ist!« schnauzte Pettey.

»Ach!« spottete Geordi. »Dann habt ihr vor *zwei* von uns Angst?«

Pettey runzelte die Stirn. Geordi wußte, daß seine Sticheleien allmählich Wirkung erzielten, und spielte seine schmutzigste Karte aus. »Wenn du zu feige bist, Jack, schick doch die beiden anderen rauf! Wie du es gestern getan hast!«

Das brachte alle drei Menschen dazu, die Vorderseite der Felsformation hinaufzuklettern. Pettey führte sie anfangs an, war jedoch klüger als die beiden anderen. Er wurde langsamer, ließ sich von ihnen überholen und beobachtete ihr Vorrücken.

Der erste, der Megans Versteck erreichte, sah sie erst, als es zu spät war. Sie schlang das Netz um seine Arme, und er rutschte schon vom Felsen hinab, als sie auf seinen Coupmeter schlug. Als er endgültig das Gleichgewicht verlor, verschwand er.

Sein Gefährte griff sie sofort an und packte ihren Arm. Megan wehrte sich, doch sie war leicht und nicht sehr stark. Sie bemühte sich, nicht den Halt zu verlieren, und schaffte es irgendwie, die Füße in der Felsspalte zu verschränken.

Geordi wollte ihr helfen, wagte sich jedoch nicht zu bewegen. Er mußte den Eindruck erwecken, die Flagge sei hinter ihm, und er könnte sie nicht im Stich lassen – nicht einmal, um seine Mannschaftsgefährtin

zu retten. Entsetzt beobachtete er, wie Pettey schließlich eingriff, um Megan gefangenzunehmen.

Die Albina griff endlich auf die einzige Möglichkeit zurück, die ihr noch blieb – sie sprang von dem Felsen hinab. Das Goldhemd folgte ihr sofort und landete auf ihr. Sie wand sich unter ihm hervor, und beide rappelten sich auf und griffen an. Sie berührten gleichzeitig den Coupmeter des jeweils anderen.

Und verschwanden in zwei Säulen aus funkelnden Lichtern.

Jack Pettey lachte, als hätte er genau das erwartet.

»Na schön, LaForge, jetzt sind nur noch wir beide übrig! Die beiden Captains!«

»Den Anschein hat es«, sagte Geordi.

Pettey blieb vorsichtig, als er die Felsformation hinaufkletterte. Er rechnete halbwegs damit, daß jemand mit einem Netz aus einer Felsspalte sprang. Aber Geordi wußte, daß dies nicht die Überraschung war, die ihn erwartete. Der kleinere Kadett schob sich zum Rand vor. Er hoffte, Petteys Coupmeter berühren zu können, wenn der Chef des goldenen Teams versuchte, zu ihm heraufzuklettern.

Aber Pettey hatte mit diesem Manöver gerechnet. Er grinste Geordi kurz an und warf ihm dann eine Handvoll Erde und Steinchen ins Gesicht. Geordi riß die Arme hoch, um sein VISOR zu schützen, stolperte zurück und fiel. Als er sich wieder aufgerappelt hatte, stand Pettey lachend vor ihm.

Geordi baute sich sofort zwischen Pettey und der falschen Flagge auf. Er staunte, daß Vernok seine Position noch immer beibehielt, ohne sich zu rühren. Pettey mußte auf Geordi achten und konnte die Flagge nicht näher in Augenschein nehmen.

Er kam näher, und Geordi schlug nach seinem Coupmeter. Der größere Kadett sprang zurück.

»Jetzt bist du erledigt«, sagte Pettey.

»Das werden wir ja sehen«, keuchte Geordi.

Blitzschnell warf Pettey sich auf ihn und hielt seine Arme fest. Geordi wehrte sich, so gut er konnte, doch der andere Kadett war viel größer und stärker. Er hielt Geordis Arme wie mit einem Schraubstock umschlossen. Wie es ihm bei dem anderen Spieler des goldenen Teams gelungen war, versuchte Geordi,

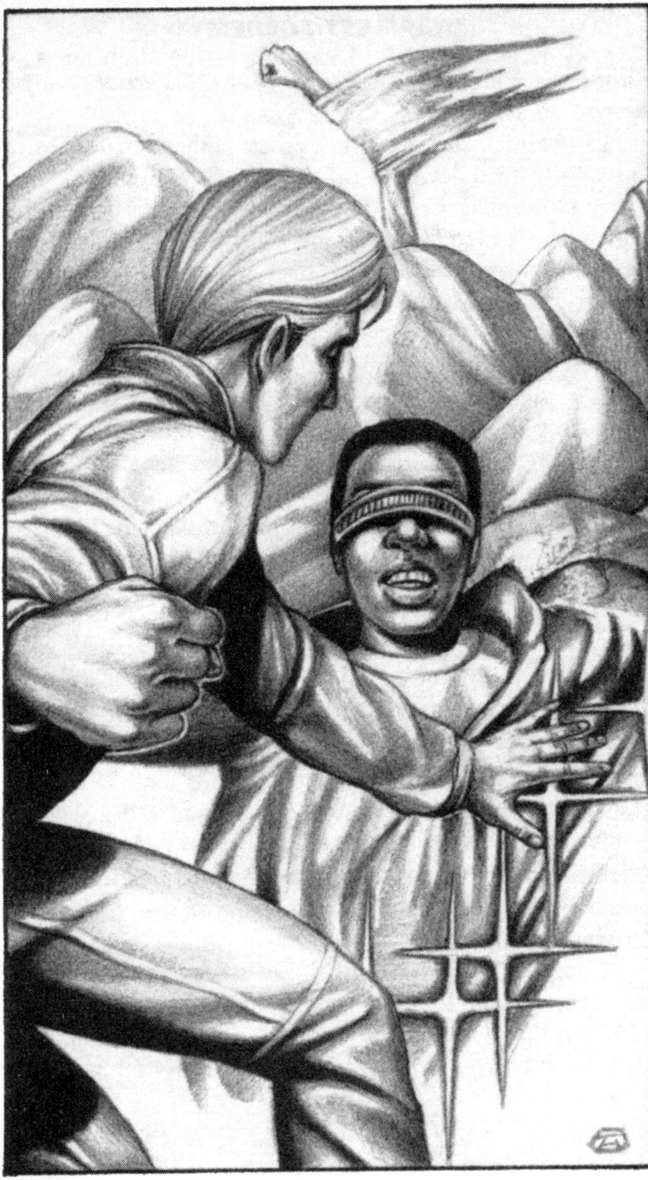

Petteys Coupmeter mit dem Kopf zu berühren, doch der große Kadett schüttelte ihn wie einen nassen Sack.

Mit einer Judobewegung setzte Pettey einen Fuß hinter Geordis Bein und stieß ihn zu Boden. Geordi war benommen und konnte sich nicht bewegen. Er sah, daß Petteys Hand sich seiner Brust näherte, und konnte sie im letzten Augenblick abwehren. Sie verfehlte den Coupmeter nur um eine Winzigkeit.

Pettey fluchte und versuchte es erneut, doch Geordi rollte sich schnell herum. Der Schlag traf ihn hart in den Rücken. Er stolperte vorwärts, doch der blonde Kadett warf sich gegen seine Beine und drückte ihn zu Boden.

Er wird erst nach der Flagge greifen, dachte Geordi, *sobald er mit mir fertig ist. Wenn ich näher an Vernok herankomme, kann der vielleicht etwas unternehmen!*

Geordi krallte die Hände in den grünen Kalkstein, kroch auf Vernok zu und zog Pettey hinter sich her. *Nur noch ein paar Meter!* Als sie sich der falschen Flagge näherten, knurrte der größere Kadett wie ein Tier, ergriff Geordis Schultern und warf ihn auf den Rücken. Geordi wehrte sich, doch Pettey war zu stark und zu verbissen.

Mit einem Siegesgeheul schlug er auf Geordis Coupmeter und sprang auf. In seiner letzten Sekunde auf Saffair hatte Geordi das Vergnügen zu sehen, wie Pettey nach der grünen Flagge griff – die aufsprang und ihm auf die Brust schlug.

»Ahh!« schrie der große Kadett, als er neben Geordi im Transporterraum der *Glenn* materialisierte. »Nein! Nein! Die Flagge hat gelebt! Wie ist das möglich?«

Als Geordi vom Transporter trat, keuchte er noch immer. Aber er grinste auch. »Das war keine Flagge – es war Vernok!«

»Nicht der Saurianer!« rief Pettey. Sein Mund klaffte auf. »Ihr habt einen Köder aufgestellt! Wo ist eure echte Flagge?«

Geordi schüttelte den Kopf. »Um dir die Wahrheit zu sagen … das weiß ich selbst nicht.«

»Könnt ihr euern Streit nicht im Hörsaal fortsetzen?« fragte der Transportertechniker. »Ihr seid jetzt aus dem Spiel.«

»Entschuldigung, Sir«, sagte Pettey zu dem Fähnrich. Er funkelte Geordi einen Augenblick lang wütend an und schüttelte dann den Kopf. »Ich habe gewußt, daß du mir Ärger bereiten wirst … aber nicht, daß der Ärger so groß sein wird.«

»Komm!« sagte Geordi. »Verfolgen wir, wer dieses Spiel gewinnt.«

Als sie den Hörsaal betraten, waren sie erstaunt, von allen Anwesenden mit lautem Applaus begrüßt zu werden. Captain McKersie strahlte, und Lieutenant Pantano nickte anerkennend. Jenna, Kareem und die anderen Mitglieder des grünen Teams lachten.

»Ausgezeichnetes Spiel!« bellte Captain McKersie.

Sidra Swan kam zu Geordi gelaufen und schüttelte ihm die Hand. »Ich weiß nicht, ob ihr gewinnen werdet oder nicht, aber wir alle drücken euch die Daumen.«

»Danke«, murmelte er. Er schaute sich in dem Raum um und stellte zu seinem Erstaunen fest, daß die meisten Anwesenden dem grünen Team die Daumen zu halten schienen. Und er hatte gedacht, niemand könnte seinen bunt zusammengewürfelten Haufen leiden!

Geordi war ebenfalls überrascht, als er erfuhr, daß man zwar gefangengenommen werden, aber trotzdem ein Held sein konnte. Er schaute zu Jack Pettey hinüber und dachte über die Ironie nach, daß sie beide nun ausgeschieden waren. Nur ihre Pläne und ein paar Mannschaftsgefährten waren noch übrig. Doch Geordi wußte auch, daß man einen guten Offizier in erster Linie nicht daran maß, wie er sich verhielt, sondern daran, wie seine Mannschaft ihre Pflicht erfüllte, wenn der Befehlshaber nicht in der Nähe war.

»Wie läuft es?« knurrte Jack Pettey, als er in der ersten Reihe Platz nahm.

»Sie haben drei Spieler, wir nur noch zwei«, erstattete einer seiner Teamgefährten Bericht. »Unsere beiden sind da, wo du sie stationiert hast. Sie bewachen die Flagge. Die Vulkanierin hat sie gefunden und beobachtet sie, und der Saurianer eilt ihr zu Hilfe. Der Andorianer bewacht ihre *echte* Flagge.«

»Nicht mehr lange!« sagte Kareem. »Seht doch!«

Er zeigte auf den linken Bildschirm, auf dem der Andorianer noch immer ruhig vor der grünen Flagge saß. Er sprach in seinen Kommunikator und erhob sich.

»Sie haben ihn zum entscheidenden Kampf gerufen«, sagte Jenna. »Jetzt kann niemand mehr die grüne Flagge gefährden.«

Jack Pettey begann, an einem Fingernagel zu kauen. »Das gefällt mir nicht«, murmelte er. »Das gefällt mir überhaupt nicht.«

Geordi hingegen genoß es geradezu, Zuschauer zu

sein. Er hatte genug Hiebe und Prellungen abbekommen, um zu beweisen, daß er mitgespielt hatte – und zwar mit vollem Einsatz. Er ließ sich auf einen Stuhl fallen und war schon bald von seinen ausgeschiedenen Teamkollegen Jenna, Megan, Kareem und Zemusta umgeben. Jenna brachte ihm ein Glas Limonade.

Sie grinste. »Das mit der falschen Flagge hat hervorragend geklappt.«

»Aber es ist noch nicht vorbei«, versetzte Zemusta. Der Tellarit verzog besorgt die Schnauze.

Während der Andorianer über die Ebene zu seinen Gefährten T'Lara und Vernok lief, herrschte einige Minuten lang Ruhe im Saal. Geordi schaute von einem Bildschirm zum anderen und mußte unwillkürlich lächeln. Der eine Verteidiger des goldenen Teams war ein Delosioaner, der andere ein Betazoid. Es waren also keine Menschen mehr im Spiel.

Er betrachtete erneut Jack Pettey, und der großgewachsene Kadett zuckte mit den Achseln und schüttelte den Kopf. Ja, er hatte es auch bemerkt – der Ausgang des Spiels hing von Nichtmenschen ab.

Alle Augen und ein VISOR waren bald auf den rechten Bildschirm gerichtet. Jeder wußte, was jetzt kommen würde – ein Angriff auf die goldene Flagge. Wie zuvor hatte das goldene Team sie auf ebener Erde direkt vor einer Grenzmarkierung aufgestellt. Es gab nur eine Möglichkeit, an sie heranzukommen.

Da T'Lara flüsterte, konnten sie ihre Befehle nicht verstehen. Einen Augenblick später standen sie und Altos auf und gingen zuversichtlich auf die beiden Verteidiger des goldenen Teams zu. Vernok trottete hinter ihnen her. Die Verteidiger standen direkt vor ihrer Flagge Schulter an Schulter. Sie beugten sich wie Ringer vor und erwarteten den Angriff.

Diesmal gab es keine Verhöhnungen oder Rufe. Keine Tricks. Altos und T'Lara wirkten sehr entschlossen, als sie losliefen und sich auf die Verteidiger warfen.

Die goldenen Spieler kämpften tapfer und drängten die Angreifer von ihrer Flagge zurück. Doch niemand konnte den kleinen Saurianer aufhalten. Vernok schlüpfte zwischen den keuchenden Kämpfern hindurch und ergriff die Beute. Mit einem seltsamen Zwitschern schwang er die goldene Flagge über seinem Kopf.

Ein Summton erklang im Hörsaal, gefolgt von

ohrenbetäubendem Jubel. Alle drängten sich um Geordi, schlugen ihm auf die Schulter und schüttelten ihm die Hand.

»Gut gemacht!«

»Hervorragende Strategie!«

»Unser Captain lebe dreimal hoch!«

Captain McKersie drückte ihm die Hand. »Machen Sie so weiter, Mr. LaForge, und Sie haben eine hervorragende Zukunft vor sich.«

»Danke sehr, Sir.«

Geordi schaute an den Gratulanten vorbei zu Jack Pettey, der abseits vom Trubel niedergeschlagen auf seinem Stuhl hockte. Der blonde Kadett hatte das Gesicht in den Händen vergraben. Geordi wußte jetzt, warum er nie etwas für den Sportunterricht und Wettkampfspiele übrig gehabt hatte. Er wollte zwar gern gewinnen, konnte es aber nicht ausstehen, andere verlieren zu sehen.

»Danke, vielen Dank«, sagte er zu allen, während er sich sanft an ihnen vorbeischob. Schließlich stand er direkt vor Jack Pettey. Die anderen im Raum schienen nicht mehr zu existieren.

»Wenn du dich jetzt über mich lustig machen willst, nur zu«, murmelte der junge blonde Mann. »Ich habe es verdient.«

»Ja, das hast du«, pflichtete Geordi ihm bei. »Aber ich bin nicht gut darin, mich über jemanden lustig zu machen. Ich würde lieber Freundschaft schließen.« Er lächelte und streckte die Hand aus.

Pettey schaute ihn überrascht an. Dann legte sich ein Grinsen auf sein Gesicht, und er ergriff Geordis Hand und drückte sie. »Falls ich jemals ein Kommando bekommen werde – und ich weiß, daß das keineswegs feststeht –, werde ich mich an den heutigen Tag erinnern. Ich werde mich daran erinnern, daß brutale Gewalt einen nicht immer weiterbringt. Man muß seinen Kopf benutzen – und sein Herz.«

Der großgewachsene Kadett stand auf. »Du bist in Ordnung, LaForge. Beim nächsten Mal möchte ich dich in meinem Team haben.«

Geordi lächelte. »Dann wähle mich als ersten aus.«

Pettey grinste. »Mache ich – nachdem ich diesen kleinen Saurianer gewählt habe.«

Das rote Team gewann das Nachmittagsspiel um den dritten Platz. Geordi freute sich darüber – und für Sidra Swan. Aber er konnte sich nicht so richtig auf die Partie konzentrieren, denn noch immer wollten ihm alle möglichen Leute gratulieren. Es war ziemlich seltsam, ein Held zu sein.

Nachdem sie den Orbit verlassen hatten, durften die Kadetten im ersten Jahr die *Glenn* besichtigen, was fast so aufregend wie das Spiel war. Später an diesem Abend zeigte Captain McKersie noch einmal die Aufzeichnung des Spiels um den ersten Platz, damit die älteren Kadetten, die es nicht live hatten verfolgen können, es auch sehen konnten. Aber Geordi ging kurz nach Beginn der Vorführung. Er wollte nicht sehen, wie seine Freunde gefangengenommen wurden, und er wollte seine neuen Freunde nicht verlieren sehen.

Im Aufenthaltsraum wurde eine Party gegeben, doch Geordi blieb nicht lange. Er ging in seine Kabine, las eine Fachzeitschrift und schlief ein, als sein Kopf das Kissen berührte.

11

Zwei Tage später stand Geordi am Ufer des Baches, der sich durch das Gelände der Starfleet-Akademie schlängelte. Es waren derselbe Bach, dieselben Gebäude, dieselben Unterrichtsräume und dieselben Lehrer. Aber alles andere war anders.

Lag es an ihm? Er fühlte sich nicht anders. Aber etwas an der Art und Weise, wie die Leute mit ihm sprachen, wie sie ihn behandelten, ja sogar, wie sie ihn ansahen, war anders geworden. Leute, die er nicht kannte, wie dieser William Riker zum Beispiel, kamen zu ihm und stellten sich vor. Alles war anders.

Er dachte daran, wie sein Leben noch vor ein paar Wochen gewesen war. Damals hatte er kaum Freunde gehabt – er hatte die anderen Kadetten nicht mal mit Namen gekannt. Nun grüßte ihn jeder. Morgen würde er mit Megan in ein Konzert gehen, und übermorgen mit Jenna zu einem Footballspiel. Frauen waren für ihn noch immer ein Geheimnis, aber wenigstens waren sie nun ein freundliches Mysterium.

Wenn er jetzt nur noch zum Lernen Zeit finden würde!

»LaForge!« rief eine mürrische Stimme.

Geordi machte einen Satz und sah zu seinen Füßen hinab. »Ich stehe nicht auf den Leberblümchen!« antwortete er.

»Das weiß ich«, sagte Boothby. Der alte Gärtner

schlenderte zu ihm und lächelte. »Wie ich gehört habe, schweben Sie jetzt auf Wolken.«

»Das ist nicht wahr!« sagte Geordi und schüttelte den Kopf. »Wissen es alle an der Akademie?«

»Daß Sie *Erobert die Flagge* gewonnen haben?« fragte Boothby. »Natürlich wissen es alle. Ich habe gehört, daß Sie einen Haufen Verlierer genommen und sie zu einer Truppe zusammengeschmiedet haben, mit der man rechnen muß.«

»Ach was«, sagte Geordi spöttisch. »Ich habe einfach Glück gehabt. Ich habe diese Leute nur ausgewählt, um etwas zu beweisen. Sie haben den Sieg errungen, nicht ich.«

Boothby zuckte mit den Achseln. »Trotzdem wird man jetzt auf Sie achten. Man wird mehr von Ihnen erwarten. Man wird verlangen, daß Sie Gas geben und einen Kommandoposten anstreben.«

Geordi stöhnte auf. »Ich will kein Kommando haben – ich will Ingenieur oder Navigator werden.«

»Vielleicht werden Sie das Kommando über eine technische Abteilung bekommen«, sagte Boothby. »Als Chefingenieur, direkt neben der Brücke. Das ist der wichtigste Teil eines Raumschiffs.«

Geordi nickte nachdenklich. »Ja, vielleicht.«

Der alte Mann kniff die Augen zusammen, als wäre ihm gerade etwas eingefallen. »Vor Jahren gab es mal einen anderen Kadetten, der Schwierigkeiten an der Akademie hatte, bis er ein Parrises-Squares-Tournier gewann. Sein Name war Picard.«

»Wie war der Name?«

»Ist nicht weiter wichtig. Sie haben noch nichts von ihm gehört, werden es irgendwann aber. Hören Sie,

LaForge, lassen Sie sich zu nichts drängen. Sie sind noch immer der Herr über Ihr Schicksal.«

Der junge Kadett zuckte mit den Achseln. »Diesen Eindruck habe ich noch nie gehabt – daß ich Herr über mein Schicksal bin.«

»Sie haben soeben bewiesen, daß Sie es sind«, sagte Boothby. »Sie haben auf sich aufmerksam gemacht, und das gelingt hier nicht vielen. Außer im negativen Sinne.«

Geordi kicherte. »Ich beschwere mich ja gar nicht. Es war eine gute Erfahrung für uns alle.«

»Vergessen Sie nur eins nicht«, knurrte Boothby.

»Ja?«

»Treten Sie nicht auf meine Leberblümchen.«

STAR TREK™

in der Reihe
HEYNE SCIENCE FICTION & FANTASY

STAR TREK: CLASSIC SERIE

Vonda N. McIntyre, Star Trek II: Der Zorn des Khan · 06/3971
Vonda N. McIntyre, Der Entropie-Effekt · 06/3988
Robert E. Vardeman, Das Klingonen-Gambit · 06/4035
Lee Correy, Hort des Lebens · 06/4083
Vonda N. McIntyre, Star Trek III: Auf der Suche nach Mr. Spock · 06/4181
S. M. Murdock, Das Netz der Romulaner · 06/4209
Sonni Cooper, Schwarzes Feuer · 06/4270
Robert E. Vardeman, Meuterei auf der Enterprise · 06/4285
Howard Weinstein, Die Macht der Krone · 06/4342
Sondra Marshak & Myrna Culbreath, Das Prometheus-Projekt · 06/4379
Sondra Marshak & Myrna Culbreath, Tödliches Dreieck · 06/4411
A. C. Crispin, Sohn der Vergangenheit · 06/4431
Diane Duane, Der verwundete Himmel · 06/4458
David Dvorkin, Die Trellisane-Konfrontation · 06/4474
Vonda N. McIntyre, Star Trek IV: Zurück in die Gegenwart · 06/4486
Greg Bear, Corona · 06/4499
John M. Ford, Der letzte Schachzug · 06/4528
Diane Duane, Der Feind – mein Verbündeter · 06/4535
Melinda Snodgrass, Die Tränen der Sänger · 06/4551
Jean Lorrah, Mord an der Vulkan Akademie · 06/4568
Janet Kagan, Uhuras Lied · 06/4605
Laurence Yep, Herr der Schatten · 06/4627
Barbara Hambly, Ishmael · 06/4662
J. M. Dillard, Star Trek V: Am Rande des Universums · 06/4682
Della van Hise, Zeit zu töten · 06/4698
Margaret Wander Bonanno, Geiseln für den Frieden · 06/4724
Majliss Larson, Das Faustpfand der Klingonen · 06/4741
J. M. Dillard, Bewußtseinsschatten · 06/4762
Brad Ferguson, Krise auf Centaurus · 06/4776
Diane Carey, Das Schlachtschiff · 06/4804
J. M. Dillard, Dämonen · 06/4819
Diane Duane, Spocks Welt · 06/4830
Diane Carey, Der Verräter · 06/4848
Gene DeWeese, Zwischen den Fronten · 06/4862
J. M. Dillard, Die verlorenen Jahre · 06/4869

STAR TREK™

Howard Weinstein, Akkalla · 06/4879
Carmen Carter, McCoys Träume · 06/4898
Diane Duane & Peter Norwood, Die Romulaner · 06/4907
John M. Ford, Was kostet dieser Planet? · 06/4922
J. M. Dillard, Blutdurst · 06/4929
Gene Roddenberry, Star Trek (I): Der Film · 06/4942
J. M. Dillard, Star Trek VI: Das unentdeckte Land · 06/4943
David Dvorkin, Die Zeitfalle · 06/4996
Barbara Paul, Das Drei-Minuten-Universum · 06/5005
Judith & Garfield Reeves-Stevens, Das Zentralgehirn · 06/5015
Gene DeWeese, Nexus · 06/5019
D. C. Fontana, Vulkans Ruhm · 06/5043
Judith & Garfield Reeves-Stevens, Die erste Direktive · 06/5051
Michael Jan Friedman, Das Doppelgänger-Komplott · 06/5067
Judy Klass, Der Boacozwischenfall · 06/5086
Julia Ecklar, Kobayashi Maru · 06/5103
Peter Norwood, Angriff auf Dekkanar · 06/5147
Carolyn Clowes, Das Pandora-Prinzip · 06/5167
Diana Duane, Die Befehle des Doktors · 06/5247
V. E. Mitchell, Der unsichtbare Gegner · 06/5248
Dana Kramer-Rolls, Der Prüfstein ihrer Vergangenheit · 06/5273
Michael Jan Friedman, Schatten auf der Sonne · 06/5179
Barbara Hambly, Der Kampf ums nackte Überleben · 06/5334
Brad Ferguson, Eine Flagge voller Sterne · 06/5349
Gene DeWeese, Die Kolonie der Abtrünnigen · 06/5375
Michael Jan Friedman, Späte Rache · 06/5412
Peter David, Der Riß im Kontinuum · 06/5464
Michael Jan Friedman, Gesichter aus Feuer · 06/5465
Peter David/Michael Jan Friedman/Robert Greenberger, Die Enterbten · 06/5466
L. A. Graf, Die Eisfalle · 06/5467

STAR TREK: THE NEXT GENERATION
David Gerrold, Mission Farpoint · 06/4589
Gene DeWeese, Die Friedenswächter · 06/4646
Carmen Carter, Die Kinder von Hamlin · 06/4685
Jean Lorrah, Überlebende · 06/4705
Peter David, Planet der Waffen · 06/4733
Diane Carey, Gespensterschiff · 06/4757
Howard Weinstein, Macht Hunger · 06/4771

STAR TREK™

John Vornholt, Masken · 06/4787
David & Daniel Dvorkin, Die Ehre des Captain · 06/4793
Michael Jan Friedman, Ein Ruf in die Dunkelheit · 06/4814
Peter David, Eine Hölle namens Paradies · 06/4837
Jean Lorrah, Metamorphose · 06/4856
Keith Sharee, Gullivers Flüchtlinge · 06/4889
Carmen Carter u. a., Planet des Untergangs · 06/4899
A. C. Crispin, Die Augen der Betrachter · 06/4914
Howard Weinstein, Im Exil · 06/4937
Michael Jan Friedman, Das verschwundene Juwel · 06/4958
John Vornholt, Kontamination · 06/4986
Mel Gilden, Baldwins Entdeckungen · 06/5024
Peter David, Vendetta · 06/5057
Peter David, Eine Lektion in Liebe · 06/5077
Howard Weinstein, Die Macht der Former · 06/5096
Michael Jan Friedman, Wieder vereint · 06/5142
T. L. Mancour, Spartacus · 06/5158
Bill McCay/Eloise Flood, Ketten der Gewalt · 06/5242
V. E. Mitchell, Die Jarada · 06/5279
John Vornholt, Kriegstrommeln · 06/5312
Laurell K. Hamilton, Nacht über Oriana · 06/5342
David Bischoff, Die Epidemie · 06/5356
Diane Carey, Abstieg · 06/5416
Michael Jan Friedman, Relikte · 06/5419
Michael Jan Friedman, Die Verurteilung · 06/5444
Simon Hawke, Die Beute der Romulaner · 06/5413
Rebecca Neason, Der Kronprinz · 06/5414 (in Vorb.)

STAR TREK: DIE ANFÄNGE
Vonda N. McIntyre, Die erste Mission · 06/4619
Margaret Wander Bonanno, Fremde vom Himmel · 06/4669
Diane Carey, Die letzte Grenze · 06/4714

STAR TREK: DEEP SPACE NINE
J. M. Dillard, Botschafter · 06/5115
Peter David, Die Belagerung · 06/5129
K. W. Jeter, Die Station der Cardassianer · 06/5130
Sandy Schofield, Das große Spiel · 06/5187
Lois Tilton, Verrat · 06/5323
Diane Carey, Die Suche · 06/5432

STAR TREK™

Esther Friesner, Kriegskind · 06/5430
Melissa Scott, Der Pirat · 06/5434 (in Vorb.)
Nathan Archer, Walhalla · 06/5512 (in Vorb.)

STAR TREK: STARFLEET KADETTEN
John Vornholt, Generationen · 06/6501
Peter David, Worfs erstes Abenteuer · 06/6502
Peter David, Mission auf Dantar · 06/6503
Peter David, Überleben · 06/6504
Brad Strickland, Das Sternengespenst · 06/6505
Brad Strickland, In den Wüsten von Bajor · 06/6506
John Peel, Freiheitskämpfer · 06/6507
Mel Gilden & Ted Pedersen, Das Schoßtierchen · 06/6508
John Vornholt, Erobert die Flagge! · 06/6509
V. E. Mitchell, Die Atlantis Station · 06/6510
Michael Jan Friedman, Die verschwundene Besatzung · 06/6511
Michael Jan Friedman, Das Echsenvolk · 06/6512

STAR TREK: VOYAGER
L. A. Graf, Der Beschützer · 06/5401
Peter David, Die Flucht · 06/5402
Nathan Archer, Ragnarök · 06/5403
Susan Wright, Verletzungen · 06/5404 (in Vorb.)
John Betancourt, Der Arbuk-Zwischenfall · 06/5405 (in Vorb.)

DAS STAR TREK-UNIVERSUM, 2 Bde.,
überarbeitete und aktualisierte Neuausgabe!
von *Ralph Sander* · 06/5150

DAS STAR TREK-UNIVERSUM, Ergänzungsband
von *Ralph Sander* · 06/5151

William Shatner/Chris Kreski, Star Trek Erinnerungen · 06/5188
William Shatner/Chris Kreski, Star Trek Erinnerungen: Die Filme · 06/5450

Phil Farrand, Cap'n Beckmessers Führer durch
STAR TREK – DIE NÄCHSTE GENERATION · 06/5199
Phil Farrand, Cap'n Beckmessers Führer durch
STAR TREK – DIE CLASSIC SERIE · 06/5451

Diese Liste ist eine Bibliographie erschienener Titel
KEIN VERZEICHNIS LIEFERBARER BÜCHER!